선생님과 함께 읽는
나비를 잡는 아버지

물음표로 찾아가는 한국단편소설 05

선생님과 함께 읽는 나비를 잡는 아버지

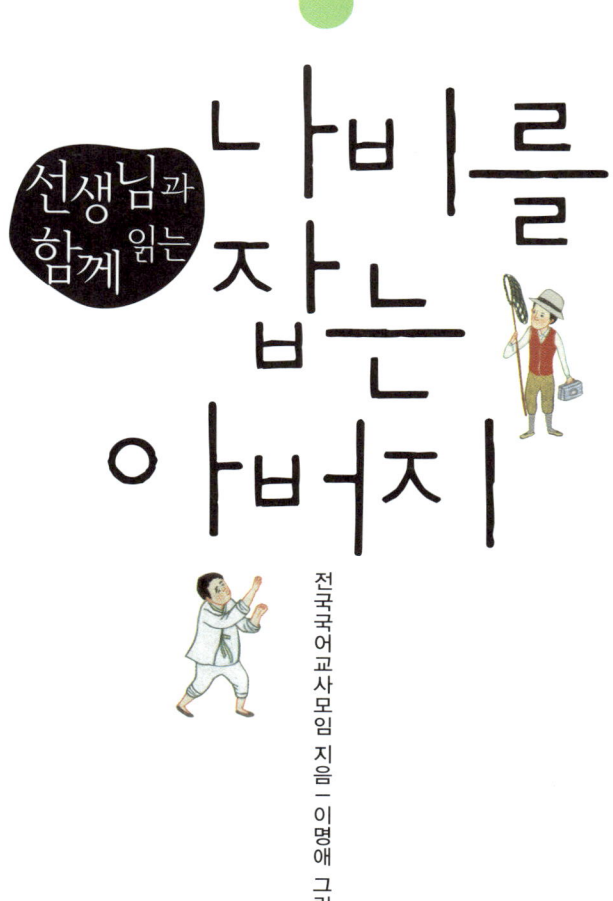

전국국어교사모임 지음 ― 이명애 그림

Humanist

'물음표로 찾아가는 한국단편소설' 시리즈를 펴내며

문학 교육은 아이들이 꿈을 꾸게 하기 위해 필요합니다. 그러나 요즘의 문학 교육은 참고서와 문제집을 통해서만 이루어지고 있습니다. 그래서 문학 수업은 엉뚱한 상상도 발랄한 질문도 없는 밍밍하고 지루한 시간이 되어 버렸습니다. 상상의 여지가 사라지고 질문이 없는 수업은 아이들을 질리게 하고 문학을 말라 죽게 합니다. 그렇다면 어떻게 해야 문학 교육을 살릴 수 있을까요?

무엇보다 학생들이 스스로 생각을 열어 질문을 만들 수 있게 해야 합니다. 매우 상식적인 일이지만, 우리 교육 환경에서는 잘 이루어지기가 어렵습니다. 그래서 전국국어교사모임은 학생들이 스스로 생각을 열고 엉뚱한 상상과 발랄한 질문을 할 수 있는 마중물을 붓기로 했습니다. 이는 말라 버린 문학뿐 아니라 아이들의 메마른 마음에도 물을 붓는 일이 될 것입니다.

교과서에 실린 의미 있는 작품을 골랐습니다 중·고등학교 국어 교과서나 문학 교과서에 실린 단편소설 가운데 오랫동안 많은 사람들에게 널리 읽힌 작품을 골랐습니다. 교과서에 실렸다는 것은 중·고등학생들에게 유용한 작품이라는 것이고, 오래 널리 읽혔다는 것은 재미나 감동, 그리고 생각거리 면에서 어느 하나는 사람들의 마음에 들었음을 뜻하기 때문입니다.

전국의 학생들에게 물었습니다 전국에 있는 수많은 학생에게 소설을 읽혀 보고, 그들이 궁금해 하는 것을 모았습니다. 그러고 나서 의미 있는 질문거리들을 일정한 방식으로 배열했습니다.

현직 국어 선생님들이 물음에 답했습니다 전국의 국어 선생님 100여 분이 다양한 책과 논문을 살펴본 다음 질문에 대한 답을 했습니다. 이런 과정을 통해 보다 보편적인 작품의 의미에 접근하고자 했습니다.

교육 과정과의 연관성을 고려했습니다 수업 현장에서 또는 학생 스스로 이용할 수 있도록 했습니다. '깊게 읽기'에서는 인물, 사건, 배경, 주제 등 작품과 직접 관련되는 내용을 다루었으며, '넓게 읽기'에서는 작가, 시대상, 독자 이야기 등을 살펴볼 수 있도록 했습니다.

'물음표로 찾아가는 한국단편소설' 시리즈는 다양하고 깊이 있는 생각을 이끌어 낼 수 있는 소설 감상의 안내서 구실을 할 것입니다. 또한 작품에 대한 해석과 이해의 차원을 넘어서 문화적·사회적·역사적 정보를 폭넓고 다양하게 제시함으로써 문학 감상 능력을 향상시켜 줄 뿐만 아니라, 문학과 가까워질 수 있는 기회를 제공해 줄 것입니다.

전국국어교사모임

머리말

눈앞에서 나비가 나풀나풀 날갯짓을 합니다. 한참을 어지러이 맴돌던 나비가 배추꽃에 내려앉는 순간 나비 날개를 잡아챕니다. 작고 여린 나비가 손끝에서 팔락팔락 날개를 움직여 봅니다. 나비의 모습을 가만히 들여다보고 있으면, 그 가벼운 날갯짓을 금세 따라 할 수도 있을 것 같습니다. 그때 뒤에서 갑자기 누군가의 목소리가 들립니다.

"그 나비 나 다우!"

퉁명스레 들려온 그 한마디에 바우의 평화롭던 하루는 풍비박산이 납니다. 친구와 다툰 것은 물론이요, 집으로 돌아온 다음에는 아버지의 불호령이 떨어집니다.

"이놈! 소나 잘 돌보고 있으라고 했더니, 어디서 나비 따위를 가지고 그림질이냐!"

아버지의 난데없는 불호령에 바우는 불뚝심이 솟아 집을 박차고 나갑니다. 집을 뛰쳐나간 바우는 과연 무슨 일을 겪게 될까요?

〈나비를 잡는 아버지〉는 동화 작가로 유명한 현덕이 쓴 작품입니다. 어느 시골에서 화가를 꿈꾸던 바우가 작은 나비 한 마리 때문에 마음고생을 하게 되는 어떤 날의 이야기를 담고 있지요.

나비의 날갯짓이 돌풍을 일으킨다더니, 대체 바우는 나비 때문에 무슨 일을 겪게 되는 걸까요? 그리고 〈나비를 잡는 아버지〉라는 이 제목은 무슨 뜻일까요? 바우에게 불호령을 내리던 아버지는 왜 나비를 잡으러 나셨을까요?

  이런 궁금증을 가지고 이야기를 따라가다 보면 1930년대 시골 아이들의 하루와 당시 농촌의 풍경, 그리고 세상살이의 고단함이 실타래 풀리듯 조금씩 풀려나오는 것을 발견하게 될 것입니다.

  나비를 따라, 바우를 따라, 이야기를 따라 〈나비를 잡는 아버지〉의 속살을 들여다봅시다. 논밭 사이를 나풀나풀 날던 나비의 날갯짓 뒤를 따르는 바우와 바우 아버지의 이야기를 만나 봅시다.

류대성, 이성수, 최용석, 최인영

차례

'물음표로 찾아가는 한국단편소설' 시리즈를 펴내며　　4
머리말　　6

작품 읽기 〈나비를 잡는 아버지〉_현덕　　11

깊게 읽기 묻고 답하며 읽는 〈나비를 잡는 아버지〉

1_ 모던보이와 시골 소년
왜 소설 첫머리에 노랫말을 적어 놓았나요?　　35
경환이는 왜 양복을 입고 모자를 쓰고 돌아다니나요?　　39
경환이는 유도를 어떻게 배웠나요?　　44
바우는 왜 그렇게 학교에 가고 싶어 하나요?　　48
바우에게 그림책은 어떤 의미인가요?　　52

2_ 마름 아들과 소작인 아들
바우네 동네는 어떤 모습인가요?　　57
왜 하필 나비를 두고 다툴까요?　　60
호랑나비와 송장나비는 어떻게 다른가요?　　64
경환이는 왜 죄 없는 송아지를 때렸나요?　　68

왜 경환이의 마음은 드러나지 않나요?　70
서술자가 바우를 편애하는 건 아닌가요?　73

3_ 바우와 아버지

왜 아이들 싸움이 어른들에게까지 번졌나요?　77
왜 잘못도 없는 바우네 부모님이 경환이네 집에 불려 갔나요?　81
바우는 왜 가출을 결심했나요?　86
왜 매미가 요란스레 운다고 했나요?　90
바우와 바우 아버지의 마음은 어떻게 바뀌었나요?　92
바우는 왜 아버지를 부르며 달려갔나요?　95

넓게 읽기 작품 밖 세상 들여다보기

작가 이야기 – 현덕의 생애와 작품 연보, 작가 더 알아보기　100
시대 이야기 – 1935~1940년　106
엮어 읽기 – 성장, 가족, 그리고 사회　110
다시 읽기 – '곤충 채집'에서 '관찰 일기'로　114
독자 이야기 – 바우와 경환이의 싸움, 누구의 책임이 더 클까?　120

참고 문헌　127

작품 읽기

나비를 잡는 아버지

현덕

　황혼의 종로로 방향을 돌려서.
　버스는 떠난다. 경쾌스럽게.

　건드러진 노랫소리가 푸른 언덕을 넘어온다. 바우는 송아지를 뜯기며 밤나무 그늘에 앉아 그림 그리는 책을 펴 들었다. 송아지가 움직이는 대로 자리를 옮아앉으며, 옆으로 풀을 뜯는 송아지 모양을 그리느라 열심히 들여다보고 연필을 놀리고 하더니, 잠시 멈추고 귀를 기울인다. 그리고 "흥!" 하고 빈정거리는 웃음을 한 번 웃고는 그 소리가 듣기 싫다는 듯 그 편에 등을 대고 돌아앉는다.
　'겨우 서울 가서 공부한다고 배워 가지고 온 것이 유행가 나부랭이냐. 그리고 나비 잡는 것하구.'
　지난해 봄에 바우와 경환이는 한날에 그곳 소학교를 졸업을 하였다. 그리고 경환이는 서울로 상급 학교를 가고, 바우 자기는 집에서 꾸벅꾸벅 땅이나 파며 있지 않으면 아니 될 때, 바우는 무척 슬퍼하고 억울해 하고 따라서 경환이를 부러워도 하였다. 바우 자기가 값없이 보내는 그 하루하루에 경환이는 좋은 학교, 훌륭한 선생 아래서 날마다 새로워 가고 높아 갈 것을 생각할 때, 바우는 가만히 있지 못했다. 그 상급 학교에 가지 못하는 벌충을 여기다 하려는 듯이 틈 있는 대로 그림을 그리었고, 또 그것으로 즐거움이 되었다.

그리고 얼마 전에 그 경환이가 하기휴가를 하고 서울서 집에 돌아왔다. 그러나 전보다 얼굴빛이 희어지고, 바지통이 넓은 양복에 흰 테두리 한 모자를 멋있게 쓴 것이 달라졌을 뿐, 서울이 얼마나 좋고 자기 다니는 학교가 얼마나 훌륭한 곳인가를 자랑하는 것과 또는 활동사진 배우 중 누구는 어떻고 누구는 어쩌고, 그리고 잡된 유행가를 부르며 동네 어린아이들을 몰고 다니며 나비를 잡는 것이 하는 일이었다. 아마 경환이 자기는 이러는 것으로 전일 보통학교 때 늘 바우에게 성적으로 머리를 눌려 오던 분풀이를 하려는 듯이 뻐기며 다니는 것이다. 바우는 그 꼴이 곱게 보일 수 없었다.

꽃피는 남산으로 방향을 돌려서
버스는 떠난다. 가로수 그늘.

노랫소리는 점점 가까워 온다. 그리고 잠시 언덕 너머가 떠들썩하더니 호랑나비 한 마리가 피로한 나래로 갈팡질팡 날아와 밤나무 가지에 야트막하게 앉는다. 바우는 그 나비를 쉽게 잡을 수 있었다. 그리고 잠깐 그 호사스런 모양, 찬란한 빛깔을 들여다보다가 도로 날려 보내려 할 즈음, 언덕 위로 동네 아이들의 머리가 불쑥불쑥 나타나며 뒤미처 경환이가 나비 잡는 채를 휘두르며 뛰어 내려온다.

경환이는 바우가 앉았는 밤나무 그늘로 들어서며,

"너, 호랑나비 어디로 날아가는 거 봤니?"

하다가는 바우 손에 잡히어 있는 나비를 보고는 반색을 한다.

"나 다우."

하고 으레 줄 것으로 알고 손을 내미는 것이나, 바우는 그 손을 툭 쳐 버리고 몸을 돌린다.

"넌 무슨 까닭으로 어린애들을 몰고 다니며 앰한 나비를 못살게 하는 거냐?"

"뭐?"

하고 경환이는 뜻하지 않은 말에 잠시 멍하니 바라보다가는,

"누가 장난으로 잡는 거냐. 학교서 숙제를 냈어. 동물 표본을 만들어 오라구."

"장난 아니믄, 벌써 너 나비 잡기 시작한 지가 며칠이냐. 그동안에 못 잡아도 백 마리는 잡았겠구나. 거 다 동물 표본 만들고도 모자라서 또 잡는 거냐?"

"모두 못쓰게 잡았으니까 그렇지. 날개가 상하구."

하다가 경환이는 변색을 하고 한 발자국 다가서며,

"넌 남이 나빌 잡건 말건 무슨 상관이냐, 건방지게."

"나두 상관할 만해서 그런다."

"무슨 상관이야?"

"너 때문으로 해서 담부턴 나비 구경을 못하게 되겠으니까 허는 말이다."

하고 바우는 경환이 얼굴을 마주 노리다가,

"니가 동물 표본을 만들기에 나비가 필요하다면 난 그림 그리는 데 필요한 나비야. 너만 위해서 생긴 나비는 아니지."

그러나 경환이는 "흥!" 하고 코웃음을 친다. 바우는 한층 음성을 높여 계속한다.

"그리고 어린아이들에게 잡된 유행가는 너 왜 가르치는 거냐. 부르고 싶으면 네나 부르지."

이 말엔 매우 괘씸한 모양, 경환이는 낯을 붉히며 대든다.

"이 동네서 나 하는 거 시비할 사람 없어. 건방지게 왜 이래."

하는 그 말 속엔 분명 자기는 마름 집 외아들로서 지위가 높은 몸, 너 같은 소나 뜯기는 놈에게 시비를 받을 몸이 아니라는 빈정거림이 있다.

바우는 썩 비위가 상해서 "흥!" 하고 마주 코웃음을 치고, 그리고 좀 더 골을 올리려고 두 손가락에 날개를 접어 쥔 나비를, 이것 너 줄까, 하는 시늉으로 경환이 등을 향해 두어 번 겨누다가는 그대로 공중으로 날려 버린다. 나비는 방향이 없이 어지러이 한 바퀴 맴을 돌더니 언덕 아래로 높았다 낮았다 날아간다. 경환이는 갑자기 몸을 날려 그 나비를 쫓아간다. 그러다가 나비가 아래 논 가운데로 날아가자 뒤돌아서 바우를 무섭게 한 번 눈을 흘겨보고, 그리고 돌 하나를 집어 근처에서 풀을 뜯고 있는 송아지를 때리고는 언덕 아래로 달아났다.

그러나 경환이의 심술은 이것만으로 고만두지 않았다. 송아지에게 먹을 만치 풀을 뜯기고 언덕 아래로 몰고 내려와 수수밭 모퉁이를 돌아섰을 때 바우는 다시금 놀랐다. 개울 건너 바우네 참외밭에서 경환이란 놈이 나비 잡는 채를 휘두르며 날뛰고 있다. 그까짓 송장나비를 잡으려고 그러는 것이 아닐 텐데, 경환이는 그 나비를 쫓아 구두 신은 발로 지금 한창 참외가 열기 시작하는 넝쿨을 함부로 질겅질겅 밟으며 이리 뛰고 저리 뛰고 한다. 일부러 그러는 것이 분명하다. 나비를 잡는 척 참외밭으로 몰아넣고 참외 넝쿨을 결딴내는 것이리라. 바우는 눈이 뒤집혔다. 더욱이 그 참외밭은 장차 햇곡식 나기 전까지의 바우 집 식구들의 식량을 거기다 예산하고 있는 것이요, 바우 자기도 잘 열면 책 한 권쯤 사 달래려고 벼르고 있던 터다. 바우는 나는 듯 개울을 건너 뒤로 쫓아가 한 번 등줄기를 후리고 그리고,

"인마, 눈 없어? 이거 못 봐?"
하고 낭자한 그 자취를 손으로 가리키며,
"넌 남의 집 농사 결딴내두 상관없니, 인마."
그러나 경환이는,
"우리 집 땅 내가 밟았기로 무슨 상관이야."
하고 기가 막히다는 듯 피이 하고 고개를 옆으로 돌린다. 그러나 사실 기가 막히기는 바우다.
"우리 집 땅?"
하고 허 참, 하늘을 쳐다보고 탄식하고,
"땅은 너희 집 거라두 참외 넝쿨은 우리 집 거 아니냐. 누가 너희 집 땅을 밟는대서 말야? 우리 집 참외 넝쿨을 결딴내니까 말이지."
그러나 경환이는 머리에 썼던 운동 모자를 벗으며 한 발자국 다가선다.

"너희 집 참외 넝쿨은 그렇게 소중히 알면서, 어째 남의 나비 잡는 건 훼방을 놓는 거냐. 나두 장난으로 잡는 건 아냐."
 "장난이 아닌지는 몰라도 넌 나비를 잡는 거고, 우리 집 참외 넝쿨은 거기서 양식도 팔고 그래야 할 것이거든. 그래, 나비가 중하냐, 사람 사는 게 중하냐."
 바우는 팔을 저어 시늉하며 어느 것이 소중하냐고 턱을 대는데 경환이는,
 "나두 거기 학교 성적이 달린 거야."
하고 피이— 하고 업신여기는 웃음을 짓더니,

"너희 집 집안 살림을 내가 알게 뭐냐."

하고 같은 웃음으로 좌우를 돌아본다. 개울 건너 길가에 동네 아이들이 모여 서 있고 그 뒤로 지게를 진 어른들도 서 있다. 바우는 낯이 화끈 달았다.

"뭐, 인마."

하고 대뜸 상대의 멱살을 잡고,

"그래서 남의 참외밭 결딴내는 거냐. 나빈 우리 집 참외밭에만 있구 다른 덴 없어, 인마?"

경환이는 멱살을 잡히고 이리저리 목을 저으며,

"이게 유도 맛을 보지 못해 이래. 너 다 그랬니, 다 그랬어?"

하고 으르다가 날래게 궁둥이를 들이대고 팔을 낚아 넘겨치려 하나, 그러나 원체 나무통처럼 버티고 섰는 바우의 몸은 호리호리한 경환의 허리 힘으로는 꺾이지 않았다. 도리어 바우가 슬쩍 딴죽을 걸고 밀자 경환이 자신이 쿵 나둥그러졌다. 그러나 쓰러졌다가 다시 일어설 때 경환이는 손에 돌을 집어 들고 그리고 얼굴에 울음을 만들고는,

"이 자식아, 남 나비 잡는 사람 왜 때리고 훼방을 놓는 거야. 왜?"

하고 비겁하게 돌 든 손을 머리 위로 쳐들어 겨누는 것이다. 결국

싸움은 이때껏 아이들 등 뒤에 입을 벌리고 서서 보고만 있던 동네 어른 하나가 성큼성큼 개울을 건너가 사이를 뜯어 놓고 그리고 경환이를 참외밭 밖으로 이끌어 나간 것으로 끝났다. 그러나 경환이가 손목을 이끌려 가면서 연해 뒤를 돌아보며, 어디 두고 보자고 벼르던 그 말이 허사가 아니었다.

바우가 자기 집 장독간 앞에서 벌통을 들여다보고 앉았는데, 경환이 집에서 부엌 심부름을 하는 계집아이가 왔다. 바우는 까닭 없이 가슴이 성큼했다.

"바우 어머니, 집에 있수?"

하고 계집아이는 안방과 부엌을 기웃거리다가 마당에 섰는 바우를 보고,

"너, 우리 집 서울 학생 때렸니?"

하고 쳐다보다가 대답이 없으니까,

"너 야단났다. 우리 집 아씨가 막 역정이 나서 너희 어머니 불러 오래, 얘."

마침 우물에서 돌아오는 바우 어머니를 보고 계집아이는 다시 한 번 그 말을 옮겨 들려주며 함께 문밖으로 사라졌다.

'난 잘못한 거 없으니까.'

하면서 바우는 가슴이 두근거리었다. 일없이 뒤꼍으로 갔다 마당으로 나왔다 하며, 어머니가 돌아올 때를 기다리면서 조마조마해 한다.

먼저 아버지가 뒷밭에서 돌아왔다. 이맛살을 찌푸린 얼굴로 아버지는 기색이 좋지 못하다. 호미를 마당 가운데 던지더니 아버지는 갑자기 큰소리를 냈다.

"참외밭에서 누구하구 싸웠니?"

바우는 벌통 앞에 돌아앉아서 말이 없다.

"너두 눈 있거든 참외밭에 좀 가 봐. 넝쿨 하나고 성한 게 있나. 인마, 그 밭에 도지가 얼만지 아니? 벼루 열 말야. 참외는 안 돼두 낼 것은 내야지. 그리고 허구한 날 먹을 건 먹어야지. 그런 걱정은 없구, 인마 참외밭에서 싸움이 뭐냐, 싸움이."

바우는 벌통 앞에서 일어서며 볼멘소리로,

"누가 싸웠나, 경환이가 나빌 잡는다고 참외밭에서 막 넝쿨을 밟길래 말린 거지."

그러나 아버지는 일층 음성을 거슬렸다.

"내가 뭐랬어. 참외밭 근처서 멀리 떠나지 말고 지키랬지. 그놈의 그림책 이리 내놔라. 그것만 잡고 앉았으면 정신없다가 참외밭을 결딴내는 것두 몰랐지, 인마."

하고 그 그림책을 찾는 것처럼 두리번거리고 뒤꼍으로 가며 아버지는 혼잣말로, 서울 가서 공부한 것이 나비 잡는다고 남의 집 참외밭 결딴내는 거냐고 중얼중얼 울타리에서 호박잎을 따고 있다. 아마 부러진 참외 넝쿨을 그것으로 이어 보려는 것이리라. 조금 후 아버지는 호박잎을 따 가지고 나오며,

"너희 어머니 어디 갔니?"

그러나 바우는 경환이 집에서 어머니를 불러 갔다는 말은 아니 나왔다. 묵묵히 바우는 대답이 없다. 하지만 아버지는 더 묻지 않아도 좋았다. 바로 그 어머니가 상기한 얼굴로 대문을 들어섰다.

어머니는 다짜고짜로 바우에게로 달려가 등줄기를 후리고는,

"자식이 어떻게 했으면 어미 망신을 그렇게 시키니. 어서 나비 잡아 가지고 가서 빌어라, 빌어."

그리고 아버지를 향하고는,

"당신도 가 보우. 바깥사랑에서 부릅디다."

아버지는 어리둥절하여 바우와 어머니를 번갈아 쳐다보다가,

"어떻게 된 일야, 응?"

그러나 어머니는 바우를 향해서만 또,

"남 나빌 잡거나 말거나 내버려 두지, 어쭙잖게 왜 다니며 훼방을 놓는 거냐?"

"누가 훼방을 놓았나. 남의 참외밭에 들어가 그러길래 못하게 말린 거지."

"아, 니가 밤나뭇골 언덕에서 손에 잡았던 나비까지 날려 보내며 뭐라구 그랬다는데 그래."

그리고 어머니는 경환이 집 안주인이 꾸중꾸중 하더라는 것, 그리고 바우가 나비를 잡아 가지고 와서 경환이에게 빌지 않으면 내년부턴 땅 얻어 부칠 생각을 말라더란 말을 옮기며 또 바우에게,

"어서 나비 잡아 가지고 가서 빌어라, 빌어."

아버지는 연해 끙끙 땅이 꺼지는 못마땅한 소리로 뒷짐을 지고 마당을 오락가락하며 무섭게 눈을 흘겨 바우를 본다. 그리고 바우는 어머니가 등을 미는 대로 부엌으로 뒤꼍으로 피하다가는 대문 밖으로 나갔다. 그러나 담 밑에 붙어 서서 움직이지 않는 바우를 어머니는 쫓아 나와 다조진다.

"이렇게 고집을 부리고 안 가면 어떡헐 셈이냐. 땅 떨어져도 좋겠

니? 너두 소견이 있지."

그러나 바우는 어슬렁어슬렁 길로 나가더니 우물 앞 정자나무 앞에 이르자 걸음을 멈추고, 그리고 동네 노인들이 장기를 두고 앉았는 것을 넋을 놓고 들여다보고 섰다. 장기가 두 캐가 끝나고 세 캐가 끝나고 모였던 사람이 헤어져도 바우는 자리를 뜨지 않는다. 바우는 다만 자기가 조금도 잘못한 것이 없는 것, 그러니까 누구에게든 머리를 굽힐 까닭이 없다는 고집이 정자나무통만큼 뻣뻣할 뿐이었다.

해가 저물었다. 지붕 너머로 바우 집 굴뚝에도 연기가 오르고 그리고 그 연기가 좋아든 때에야 바우는 슬슬 눈치를 살피며 대문을 들어섰다. 그러나 건넌방 쪽에 눈이 갔을 때 바우는 크게 놀랐다. 아궁이 앞에, 위하던 그림 그리는 책이 조각조각 찢기어 허옇게 흩어져 있다. 바우는 그 앞에 이르러 멍멍히 내려다보고 섰는데 등 뒤에서 아버지 음성이 났다.

"인마, 남은 서울 학교 다녀서 다 나비도 잡고 그러는 건데 건방지게 왜 다니며 훼방을 놓는 거냐, 훼방을."

그리고 바우가 그림 그리는 것과 그것은 아랑곳없는 일일 텐데 아버지는,

"담부터 내 눈앞에 그 그림 그리는 꼴 보이지 말아라. 네깐 놈이 그림 그걸루 남처럼 이름을 내겠니, 먹고살게 되겠니?"

하고 돌아서 문밖으로 나가려다가 다시 돌아서며 아버지는,

"나빈 잡아 갔지?"

하고 다져 묻는다. 바우는 고개를 숙인 채 묵묵하다. 아버지는 기

가 막힌 듯 잠시 건너다보기만 하다가 언성을 높였다.

"이때껏 나가서 뭘 했어? 인마. 간 봄에 늙은 아비가 땅 얻어 부치느라고 갖은 애 다 쓰던 것을 네 눈으로도 보았지? 가뜩한데 너까지 말썽일 게 뭐냐. 어서 가서 빌지 못하겠어?"

아버지는 담뱃대 끝으로 바우의 수그린 머리를 찌를 듯 겨눈다. 그러는 대로 바우는 무침무침 피할 뿐 조금도 걸음을 옮기려 하지 않는다.

"그래도 네 고집만 세울 테냐. 그럴라거든 아주 나가거라. 아주 나가."

하고 아버지는 빗자루를 들고 나섰다. 이런 때 어머니가 방에서 나와 그걸 빼앗아 던져 버리고,

"가서 빌기만 허면 뭘하우. 나빌 잡아 가야지. 그리고 지금은 어두워서 잡겠수. 내일 잡아 가라지."

그리고 어머니는 바우의 등을 밀며,

"어서 올라가 저녁이나 먹어라."

하지만 아버지는 여전히 못마땅한 눈으로 흘겨보며,

"저런 놈 저녁은 먹여 뭘해. 아주 내쫓으라니깐 그래."

하고 자기가 먼저 문밖으로 나간다. 어머니는 그 아버지가 들어오기 전에 어서 저녁을 먹으라고 권한다. 그러나 바우는 섰는 자리에 그대로 고개를 숙이고 어머니가 달랠수록 더 짜증만 낸다. 한종일 아버지 어머니에게 애매한 미움을 받고 또 그림책을 찢기우고 한 그 억울한 감이 가슴속에 벅차 다른 무엇이 들어갈 여지가 없었다.

이튿날 아침이다. 건넌방 모퉁이서 바우는 아버지와 얼굴이 마주

쳤다. 아버지는 어제와 다름없는 그 얼굴 그 음성으로 부엌에서 아침을 짓는 어머니를 향해 소리쳤다.

"오늘도 저놈이 제 고집만 세우고 나빌 잡아 가지 않거든 밥 주지 말어."

그리고 바우를 향해서는,

"오늘은 나빌 잡아 가지고 가 봐야 허지, 그러지 않으려거든 영 집에 들어올 생각 말어라, 인마."

그 아버지가 보이지 않는 곳에 이르자 어머니는 부엌에서 나와 작은 음성으로 바우를 달랜다.

"아버지 속상하시게 하지 말고 오늘은 나빌 잡아 가지고 가 봐라. 땅이 떨어지거나 하면 너는 좋겠니? 생각해 봐라."

바우는 여전히 말이 없다. 어머니는 그것을 바우가 순종하는 뜻으로 여긴 모양, 부엌에서 아침을 차리기에 분주하였다.

"얼른 밥 차려 줄게. 먹고 나가 봐."

그러나 바우는 어머니가 밥상을 날라 오기 전에 자기가 먼저 슬며시 집 밖으로 나갔다. 밥을 열 끼를 굶는 한이 있더라도 그 경환이 앞에 나비를 잡아 가지고 가서 머리를 숙이기는 무엇보다 싫었다. 아들의 그만한 체면쯤 보아줄 줄 모르고 자기네 요구만 고집하는 아버지가 그리고 어머니까지 바우는 무척 야속했다. 노여웠다.

바우는 동구 밖 아랫마을로 가는 길가 축동, 버드나무 그늘 밑을 고개를 숙여 생각에 잠기며 걷는다. 아침부터 요란스레 매미는 울고, 그리고 속상하게 눈에 보이는 것은 여기저기 풀 위로 너훌거리는 나비다. 바우는 그 나비를 피해 가는 듯 문득 걸음을 바꿔 뒷산으로 올라갔다. 거기서 바우는 일상 하던 버릇으로 풀을 베어 널고, 그 위에 벌렁 나둥그러져 하늘을 쳐다본다. 집에서보다 갑절 어버이에 대한 야속함과 노여움이 사무친다.

'아버지 말대로 정말 집을 나오고 말까. 그러면 아버지도 뉘우칠 때가 있겠지. 그리고 서울 같은 도회로 나가서 어떻게 고학이라도 해 볼까.'

바우는 정말 그렇게 해 볼 것처럼 벌떡 일어선다. 그리고 걸음 걸리는 대로 따라 산 아래로 내려간다. 산 중턱쯤 이르렀다. 건너다보이는 맞은편 언덕을 넘어 메밀밭 두덩에 허연 사람의 그림자가 엎드렸다 일어섰다 하며 무엇을 쫓는 모양으로 움직인다.

'흥! 경환이 저놈이 또 나비를 잡는구나.'

하고 바우는 입가에 업신여기는 웃음을 짓는다. 산을 또 좀 내려와 바라볼 때 경환이로 본 그것은 어른이 분명했다.

'흥, 경환이란 놈이 저희 집 머슴을 시켜 나비를 잡게 하는구나.'

그리고 바우는 또 한 번 같은 웃음을 웃는다.

바우는 산을 내려와 맞은편 언덕 위로 올라섰다. 그리고 가까운 거리에서 메밀밭을 내려다보았을 때 그는 놀라 벌린 입을 다물지 못했다. 경환이 집 머슴으로 본 사람은 남 아닌 바로 자기 아버지였다. 아버지는 농립을 벗어 들고 나비를 쫓아 엎드렸다 일어섰다 하며 그 똑똑치 못한 걸음으로 밭두덩을 지척지척 돌고 있다.

바우는 머리를 얻어맞은 듯 멍하니 아래를 바라보고 섰다. 그러다가 갑자기 언덕 모래 비탈을 지르르 미끄러져 내려가며 그렇게 빠른 속력으로 지금까지 잠기어 있던 어두운 마음에서 벗어나, 그 아버지가 무척 불쌍하고 정답고 그리고 그 아버지를 위하여서는 어떠한 어려운 일이든지 못할 것이 없을 것 같고……. 바우는 울음이 되어 터져 나오려는 마음을 가슴 가득히 참으며 언덕 아래 메밀밭을 향해 소리쳤다.

"아버지!"

"아버지!"

"아버지!"

＊《한국근대단편소설대계 34. 현덕편》(이주형 외, 한국인물과학원, 1999)에 실린 것을 바탕으로 함.

어휘풀이

가뜩하다 그것만으로도 차고 넘치다.
값없이 보람이나 대가 따위가 없이.
거슬리다 순순히 받아들여지지 않고 언짢은 느낌이 들며 기분이 상하다.
건드러지다 목소리가 멋들어지게 부드럽고 가늘다.
결딴내다 어떤 일이나 물건 따위를 망가뜨려서 손을 쓸 수 없는 상태가 되게 하다.
빈정거리다 남을 은근히 비웃는 태도로 자꾸 놀리다.
고학 학비를 스스로 벌어서 고생하며 배움.
나래 날개.
나부랭이 어떤 부류의 사람이나 물건을 낮잡아 이르는 말.
낭자하다 여기저기 흩어져 어지럽다.
농립 밀짚 같은 것으로 만들어, 여름에 농사일을 할 때 쓰는 모자.
눈이 뒤집히다 충격적인 일을 당하거나 어떤 일에 집착하여 이성을 잃어버리다.
다조지다 일이나 말을 바짝 재촉하다.
다지다 마음이나 뜻을 굳게 가다듬다.
도지 남의 논밭을 빌려서 부치고 논밭을 빌린 대가로 해마다 내는 벼.
동구 마을 입구.
동물 표본 동물의 겉모양이나 구조를 한눈에 볼 수 있도록 하기 위해, 동물의 개체나 그 일부분으로 만들어 놓은 것.
두덩 우묵하게 들어간 땅의 가장자리에 약간 두두룩한 곳.
뒤미치다 뒤이어 정해 둔 곳에 이르다.
딴죽 씨름이나 태껸에서, 발로 상대편의 다리를 옆으로 치거나 끌어당겨 넘어뜨리는 기술.
마름 땅주인을 대신해서 소작권을 관리하던 사람.
맴 제자리에 서서 뱅뱅 도는 장난.
무춤무춤 놀라거나 어색한 느낌이 들어 하던 짓을 갑자기 멈추는 모양.
바깥사랑 바깥주인이 거처하며 손님을 접대하는 곳. 여기서는 '바깥주인'을 뜻함.
반색 매우 반가워하는 얼굴빛.
벌충 손실이나 모자라는 것을 보태어 채움.
변색 놀라거나 화가 나서 달라진 얼굴빛.
볼멘소리 서운하거나 화가 나서 퉁명스럽게 하는 말투.**활동사진** '영화'를 가리키는 옛말. '움직이는 사진'이라는 뜻.
비위가 상하다 마음에 거슬리어 아니꼽고 속이 상하다.
비탈 산이나 언덕 따위에서 기울어진 곳.

삐기다 얄미울 만큼 매우 우쭐거리며 자랑하다.
사무치다 깊이 스며들거나 멀리까지 미치다.
상기하다 흥분하거나 부끄러워서 얼굴이 붉어지다.
소견 어떤 일이나 사물을 살펴보고 가지게 되는 생각이나 의견.
앰하다 아무 잘못이 없이 꾸중을 듣거나 벌을 받아 억울하다.
어쭙잖다 비웃음을 살 만큼 언행이 분수에 넘치는 데가 있다.
역정 몹시 언짢거나 못마땅해서 내는 화.
예산하다 필요한 비용을 미리 헤아려 계산하다.
위하다 물건이나 사람을 소중하게 여기다.
으르다 상대편이 겁을 먹도록 하기 위해 무서운 말이나 행동을 하다.
일없이 아무런 까닭 없이.
잡되다 중요하지 않고 보잘것없다.
졸아들다 심리적으로 위축되다.
지게 짐을 얹어 사람이 등에 지는 우리나라 고유의 운반 기구.
지척지척 힘없이 다리를 끌면서 억지로 걷는 모양.
축동 강이나 개울가에 물이 넘치지 않게 쌓아 놓은 둑.
캐 장기 두는 횟수를 헤아리는 단위.
허구하다 날, 세월 따위가 매우 오래다.
허사 그냥 한번 해 본 말. 거짓말.
호사스럽다 빛나고 곱고 아름답다.
활동사진 '영화'를 가리키는 옛말. '움직이는 사진'이라는 뜻.
후리다 휘둘러서 때리거나 치다.

깊게 읽기

묻고 답하며 읽는
〈나비를 잡는 아버지〉

○ 배경

○ 인물·사건

○ 작품

○ 주제

1_ 모던보이와 시골 소년

왜 소설 첫머리에 노랫말을 적어 놓았나요?
경환이는 왜 양복을 입고 모자를 쓰고 돌아다니나요?
경환이는 유도를 어떻게 배웠나요?
바우는 왜 그렇게 학교에 가고 싶어 하나요?
바우에게 그림책은 어떤 의미인가요?

2_ 마름 아들과 소작인 아들

바우네 동네는 어떤 모습인가요?
왜 하필 나비를 두고 다툴까요?
호랑나비와 송장나비는 어떻게 다른가요?
경환이는 왜 죄 없는 송아지를 때렸나요?
왜 경환이의 마음은 드러나지 않나요?
서술자가 바우를 편애하는 건 아닌가요?

3_ 바우와 아버지

왜 아이들 싸움이 어른들에게까지 번졌나요?
왜 잘못도 없는 바우네 부모님이 경환이네 집에 불려 갔나요?
바우는 왜 가출을 결심했나요?
왜 매미가 요란스레 운다고 했나요?
바우와 바우 아버지의 마음은 어떻게 바뀌었나요?
바우는 왜 아버지를 부르며 달려갔나요?

왜 소설 첫머리에 노랫말을 적어 놓았나요?

　　황혼의 종로로 방향을 돌려서
　　버스는 떠난다. 경쾌스럽게.

　　꽃피는 남산으로 방향을 돌려서
　　버스는 떠난다. 가로수 그늘.

　'어디선가 유행가 소리가 들려왔다. 경환이가 유행가를 부르는 소리를 듣고 바우는 기분이 나빴다.' 이렇게 쓸 수도 있지만, 작가는 그렇게 하지 않고 소설 첫머리에 노랫말을 넣어 놓았어요. 마치 작가가 우리에게 '노랫말도 꼭 읽어 주세요.'라고 부탁하고 있는 것 같네요.
　소설에 나온 노랫말은 당시 인기 가수였던 이난영 씨와 남인수 씨가 함께 부른 〈미소(微笑)의 코스(course)〉라는 노래 가운데 일부예요. 버스에 올라탄 남자와 여자가 서로 이야기를 주고받는 내용이랍니다.
　다음 쪽에 나와 있는 이 노래의 노랫말을 보면 버스 걸이 어여쁘다고 하고, 운전수의 금단추가 멋있다고 하고, 도련님과 아가씨가 사랑짓을 한다고 이야기해요. '사랑짓'은 좀 낯선 말이지만, 요즘으로 치면

(남녀) 황혼의 종로로 방향을 돌리고 달린다 버스는 명랑스럽게
　　　(남) 가냘픈 웃음에 아름다운 목소리 어여쁜데 버스 걸
　(녀) 곤세루 쓰메에리 번쩍이는 금단추 멋진데 운전수
　　　　(남녀) 흔들한들 저 도련님 저 아가씨 거동 좀 봐요.
　(녀) 사랑짓 넌즛이?
　　　　　(남) 그렇지 않지.

곤세루 '곤'은 감색, '세루'는 양털로 짠 옷감의 한 가지.
쓰메에리 목을 두르는 옷깃이 있는 양복 윗도리.

'애교 있는 행동'쯤으로 볼 수 있어요. 버스 운전수, 버스 안내양, 버스 승객 들이 모두 멋지고 사랑스럽다고 표현하고 있네요. 아주 밝고 명랑한 분위기가 느껴집니다.

　요즘에야 버스를 타는 게 아주 평범한 일이지만 이 소설의 배경이 된 시대에는 아무나 버스를 탈 수 있는 게 아니었어요. 신식 회사나 신식 학교에 다니는 사람들이 주로 버스를 탔지요. 사람들이 대부분 걸어 다니거나 우마차 아니면 인력거를 타고 다니던 시대였으니 버스를 타고 다녔다는 것은, 요즘으로 치면 고급 승용차를 끌고 다니는 것에 비할 수 있을 겁니다.

> (남녀) 꽃피는 남산으로 방향을 돌리고 달리는 버스는 가로수 그늘
> (남) 앵도빛 두 입술 애교 품은 목소리 귀여운데 버스 걸
> (녀) 로이드안경에다 모자에는 자바라 멋진데 운전수

로이드안경 미국 희극배우인 헤롤드 로이드가 영화에서 썼던, 둥글고 굵은 뿔테 안경.
자바라 '자'와 '바라'가 합쳐진 일본말. '자'는 '뱀', '바라'는 '배'를 뜻한다. 뱀의 배처럼 주름진 형태를 지니면서, 접었다 폈다 할 수 있는 것을 가리킨다.

〈미소의 코스〉의 노랫말에는 '로이드안경', '자바라 모자' 같은 서양 문물들도 등장해요. 이런 것들을 입고 쓰고 걸친 사람들이 멋지고 세련되었다고 이야기하죠. 서양 문물을 가진 사람들이 멋지고 세련되었다고 표현하면서 은근슬쩍 그런 세련됨을 가져다준 서양 세력이 좋다는 생각을 전해 주려 한 것은 아닐까요?

하지만 작가는 바우의 입을 통해 이 노래를 '잡되다'라고 합니다. 그건 아마도 서양 문물을 가져온 식민지 지배를 좋은 것으로 여기던 사람들을 향해 던지는 말인지도 모르겠네요.

어때요? 이제 소설에 나오는 노랫말이 좀 새롭게 보이나요?

북촌과 남촌의 풍경

오늘날 서울이 한강을 기준으로 강북과 강남으로 나뉘는 것처럼, 그때는 청계천을 기준으로 북쪽은 '북촌', 남쪽은 '남촌'이라고 불렀어요. 그리고 종로는 북촌을, 남산은 남촌을 대표하는 곳이라고 할 수 있죠. 일제 강점기에 경성으로 몰려든 일본인들은 청계천 남쪽에 자리를 잡았어요. 그들은 남산에 살림집을 짓고, 지금의 충무로와 명동에 은행과 백화점을 비롯해서 높은 건물들을 지었죠. 도로는 반듯반듯하게 잘 정비되고, 가로등이 거리를 밝혔으며, 거리에는 근대적 상품들이 넘쳐나고 화려한 네온사인이 번쩍거렸어요. 사람과 자동차들로 북새통을 이룬 거리에는 커피 향이 풍기고, 축음기에서는 유행가가 흘러나왔으며, 높은 건물에는 엘리베이터가 오르내렸답니다.

하지만 북촌은 남촌과 달리 도로포장을 하지 않아서 비만 오면 질척거렸어요. 그래서 사람들이 다니기 힘들었죠. 청계천은 2~3년에 한 번씩 강바닥을 긁어내고 정비를 했는데, 일제 강점기가 되면서 10년이 넘게 방치되다가 1922년에야 다시 강바닥을 긁어냈어요. 그런데 그 오물을 종로 거리에 내버려 둬서 썩는 냄새가 진동을 했다고 해요. 이렇듯 북촌은 남촌과 달리 침울하고 지저분하고 혼란스러운 느낌이었죠.

그런 느낌을 반영했기 때문일까요? 경환이가 부르는 유행가에서도 종로는 해가 지는 황혼인데, 남산에서는 이제 막 꽃이 피어난다고 하네요.

미쓰코시백화점(현 신세계백화점)에 있던 옥상 카페

경환이는 왜 양복을 입고
모자를 쓰고 돌아다니나요?

경환이가 하기휴가를 하고 서울서 집에 돌아왔다. 그러나 전보다 얼굴빛이 희어지고, 바지통이 넓은 양복에 흰 테두리 한 모자를 멋있게 쓴 것이 달라졌을 뿐, 서울이 얼마나 좋고 자기 다니는 학교가 얼마나 훌륭한 곳인가를 자랑하는 것과 또는 활동사진 배우 중 누구는 어떻고 누구는 어쩌고, 그리고 잡된 유행가를 부르며 동네 어린아이들을 몰고 다니며 나비를 잡는 것이 하는 일이었다.

조선 시대 말기에 서구의 문물을 받아들이기 시작하면서 개화파나 신여성들이 서양식 복장을 갖추어 입기 시작했어요. 그러면서 '모던보이'나 '모던걸' 같은 말들도 생겨났죠. 모던보이들은 기름 바른 머리에 중절모를 쓰고, 지팡이를 든 양복 차림을 하고 다녔어요. 그러다가 1920년대에 남학생의 교복이 양복으로 바뀌면서 '모던보이'라는 말이 청년층에까지 쓰이게 되었죠. 당시 경성의 모던보이들은 유행에 매우 민감했어요. 경환이도 다르지 않았을 겁니다.

여름방학을 맞아 서울에서 시골로 내려온 경환이는 '바지통이 넓은 양복에 흰 테두리 한 모자를 멋있게' 쓰고 돌아다닙니다. 아마도 그런 복장이 그 당시 서울 학생들한테 유행이었나 봅니다.

양복 입고 구두 신고

1920년대부터 우리나라에 양복이 유행했어요. 경성을 비롯한 큰 도시에서 일본인들이 먼저 입고 다녔고, 그것을 보고 유행에 앞선 조선인들이 따라 입기 시작하면서 점점 번지게 된 것이죠. 이즈음 교복도 양복 차림으로 바뀌었는데, 경환이처럼 멋을 내기 좋아하는 학생들은 바지통을 넓혀서 입기도 했어요.

그리고 1930년대가 되면 신발도 다양해져요. 조선의 민중들은 평소에는 짚신, 비가 올 때는 나막신을 신었어요. 그 후 고무신이 들어와서 엄청나게 유행을 했고, 돈이 많은 사람들은 구두를 신기도 했답니다. 당시 구두 한 켤레는 무척 비싸서 8~9원이나 했는데, 거의 쌀 한 가마니 값이었어요. 그때는 쌀이 귀해서 쌀 한 가마니 값이 월급쟁이 한 달 월급과 맞먹었지요.

경환이는 그렇게 비싼 구두를 신고 나비를 잡으러 다니기도 하고, 바우네 참외밭에 들어가서 넝쿨을 짓이기기도 했습니다.

영화 보고 유행가 듣고

경환이가 떠벌리고 다닌 활동사진 배우로는 어떤 사람들이 있었을까요? 1920년대에는 활동사진에 여배우가 직접 등장하는 대신 인형이 그 역할을 했다고 해요. 그러다가 마호정이라는 여성이 최초로 활동사진 배우로 활동했고, 뒤이어 이월화나 복혜숙 등이 스타로 떠오르면서 본격적인 여배우 시대를 열었지요.

1930년대 중반까지는 소리는 없고 영상으로만 이루어진 무성영화의 시대였는데, 1926년에 나운규가 만든 〈아리랑〉은 인기가 대단했

어요. 이 영화를 보려고 몰려든 사람들 때문에 종로의 한 영화관의 문짝이 부서지고, 기마경찰이 출동해서 질서를 잡을 정도였다고 하네요.

1935년에는 화면과 소리가 결합된 발성영화가 만들어졌어요. 발성영화가 나온 이후 관객 수가 엄청나게 늘어나 1939년에는 1400만 명을 넘어섰어요. 당시 조선의 전체 인구가 2000만 명이었으니까 영화의 인기가 어느 정도였는지 짐작할 수 있겠죠?

그런데 영화 관람료는 만만찮았어요. 무성영화는 가장 비싼 특등석이 1원 50전, 가장 싼 3등석이 40전 정도였어요. 그리고 발성영화는 그보다 갑절은 비쌌대요. 월급쟁이 한 달 월급이 8~9원이었다는 것을 생각해 보면 얼마나 비쌌는지 알 수 있을 거예요. 그런데도 극장은 사람들로 넘쳐 났어요. 경환이도 시골에서 올려 보낸 돈으로 활

나운규(1902~1937)와 영화 〈아리랑〉의 한 장면

동사진을 감상하고 다녔을 겁니다.

1930년대가 되면 대중가요가 크게 유행했어요. 가수 이난영이 1935년에 부른 〈목포의 눈물〉은 5만 장이 넘는 앨범이 팔렸고, 1940년에는 백년설의 〈나그네 설움〉이 10만 장이나 팔렸다고 해요.

당시 유행가는 두 가지 부류가 있었는데, 하나는 우리 겨레의 울분을 담은 〈어머니 전상서〉, 〈눈물 젖은 두만강〉, 〈나그네 설움〉 같은 노래들이고, 다른 하나는 일본의 곡조를 따온 왜색 가요였어요. 경환이가 왜색 가요를 부르고 다닌 것은, 신문물에 관심이 많았던 당시 모던보이들의 경향을 보여 주는 것이라 할 수 있습니다.

경환이는 유도를 어떻게 배웠나요?

경환이는 멱살을 잡히고 이리저리 목을 저으며,
"이게 유도 맛을 보지 못해 이래. 너 다 그랬니, 다 그랬어?"
하고 으르다가 날래게 궁둥이를 들이대고 팔을 낚아 넘겨치려 하나. 그러나 원체 나무통처럼 버티고 섰는 바우의 몸은 호리호리한 경환의 허리 힘으로는 꺾이지 않았다. 도리어 바우가 슬쩍 딴죽을 걸고 밀자 경환이 자신이 쿵 나둥그러졌다.

이 소설에서 가장 통쾌하고 재미있다고 느낀 장면이 있다면 어디인가요? 저마다 생각이 다르겠지만, 위의 장면은 어때요?

경환이는 동네 아이들을 끌고 다니며 유행가를 부르고, 나비를 못살게 굴고, 깐죽깐죽 바우를 약 올려요. 거기다 바우가 나비를 주지 않는다고 바우네 참외밭을 짓이기까지 하지요. 그러다가 드디어 경환이와 바우가 한판 붙게 돼요. 경환이가 유도 기술로 먼저 공격을 했지만, '딴죽걸기'라는 씨름 기술에 되치기를 당해서 보기 좋게 나뒹굴고 맙니다.

경환이가 '쿵' 하고 나둥그러질 때 여러분의 가슴도 '뻥' 하고 뚫리지 않았나요?

그런데 왜 하필 바우는 씨름으로, 경환이는 유도로 한판 붙는 걸까요? 씨름이 우리 겨레의 고유한 운동인데 견주어, 유도가 일본에서 들어왔다는 사실을 생각하면 어렵지 않게 짐작할 수 있을 거예요.

그렇다면 유도는 언제 어떻게 우리나라에 들어오게 된 걸까요?

조선의 높으신 양반들은 운동을 별로 즐기지 않았어요. 몸 쓰는 일을 천하게 여기고 머리 쓰는 일만 귀하게 여겼기 때문이죠. 다음은 그런 생각을 잘 보여 주는 재미있는 일화입니다. 구한말에 우리나라에서 실제로 있었던 일이라고 하네요.

우리나라의 높으신 대신이 어느 날 하루는 영국 대사의 집에 초대를 받아서 갔답니다. 가서 보니 영국 대사라는 사람이 땀을 뻘뻘 흘리면서 정구를 치고 있지 않겠습니까? 그래서 우리나라 높으신 대신이 혀를 끌끌 차면서 영국 대사한테 이랬답니다.

"아니 그 힘든 걸 몸소 하십니까? 하인들한테나 시킬 것이지……."

그러다가 1894년 갑오개혁을 통해 굳게 닫아걸었던 나라의 문을 열어젖히고 다른 나라의 문물과 제도를 많이 받아들였어요. 그 가운데 하나가 근대적인 운동이죠. 1896년에 축구를 시작으로 야구, 정구, 당구, 권투, 스케이트, 육상, 수영뿐 아니라 지금 우리가 알고 있는 거의 모든 운동이 선을 보였어요. 유도가 들어온 것도 그 무렵이에요. 1906년 일본인 우찌다 툐우헤이가 명동에 있던 한 건물에다 도장을 열었고, 1909년에 '황성기독교청년회(지금의 YMCA)'에서 유도장을 세우면서 알려지기 시작했죠.

일제 강점기가 되면서 학교 교육에서도 운동을 무척 강조했어요. 특히 체조를 중요하게 생각해 학교 교육의 핵심 과목으로 정하고, 대부분의 학교에서 날마다 한 시간씩 학생들에게 체조를 시켰답니다.

일제가 특히 체조를 강조한 까닭은 두 가지 속셈이 있었기 때문이에요. 하나는 튼튼한 몸을 만들기 위한 것이었어요. 나라(일본)를 위해 목숨을 바쳐 싸우겠다는 각오가 있더라도 몸이 약하면 아무 소용이 없다고 생각했던 거죠. 또 다른 하나는 규율을 따르도록 길들이기 위한 것이었어요. 다시 말해서, 체조는 튼튼한 몸을 길러서 일제에 충성을 다하는 '황국신민'을 기르려는 수단이었던 셈이죠.

일제가 경성운동장(동대문운동장)을 세우고, 각 지방의 큰 도시마다 공설운동장을 세운 것도 비슷한 까닭이에요. 그와 같이 큰 운동장을 짓고 해마다 모든 학교의 학생들을 모아서 '운동회' 같은 것을 했는데, 그 내용을 보면 전교생이 참여하는 집단 체조나 군사 행진 등이 중요한 행사로 자리 잡고 있었어요. 그러다 보니 공부도 뒷전으로 미루고 날마다 학생들에게 체조나 행진을 훈련시켰다고 해요. 당

집단 체조 모습   경성운동장 모습

  시에는 학교가 군대와 크게 다르지 않았던 셈이죠. 그러니까 일제가 원했던 것은 '말 잘 듣는 육체'였던 겁니다.
   처음에 봤던 장면으로 돌아가 볼까요? 경환이의 유도와 바우의 씨름이 맞붙어서 누가 이겼나요? 말할 것도 없이 바우의 씨름이 이겼어요. 하지만 결국 바우는 경환에게 무릎을 꿇게 될 겁니다. 나비를 잡아 가서 사과를 하겠죠. 바우의 씨름은 경환이의 유도를 이기는데, 그럼에도 불구하고 바우가 경환에게 무릎을 꿇어야 하는 현실이 더욱 가슴 아프게 다가옵니다.

바우는 왜 그렇게 학교에 가고 싶어 하나요?

경환이는 서울로 상급 학교를 가고, 바우 자기는 집에서 꾸벅꾸벅 땅이나 파며 있지 않으면 아니 될 때, 바우는 무척 슬퍼하고 억울해 하고 따라서 경환이를 부러워도 하였다. 바우 자기가 값없이 보내는 그 하루하루에 경환이는 좋은 학교, 훌륭한 선생 아래서 날마다 새로워 가고 높아 갈 것을 생각할 때, 바우는 가만히 있지 못했다.

바우가 학교에 가고 싶어 하는 까닭은 자기 꿈을 이루고 싶은 마음 때문일 겁니다. 바우도 경환이처럼 상급 학교에 가서 좋아하는 그림도 마음껏 그리고, 그림에 대해서 제대로 공부도 해 보고 싶었겠죠. 하지만 바우는 그럴 만한 형편이 못 됩니다.

사실 바우가 경환이를 싫어하는 까닭도 학교 때문이라고 할 수 있어요. 자기는 시골에서 보통학교밖에 다니질 못했는데, 자기보다 공부를 못했던 경환이가 서울에서 상급 학교에 다니니까 샘이 났던 것이죠. 경환이는 서울에서 상급 학교를 다니니까 꿈을 이룰 수 있을 것 같은데, 자기는 그렇게 할 수 없는 처지라 속이 상했을 거예요. 더군다나 경환이가 동네 아이들까지 끌고 다니며 뻐기니까 더 눈꼴이 사나웠을 겁니다.

  그렇다면 상급 학교에 다니던 경환이는 자신의 꿈을 이룰 수 있었을까요?

  일제 강점기에 일제가 학교를 통해 원했던 것은 우리나라 학생들이 스스로의 꿈을 이루고 행복하게 사는 것이 아니라, 오로지 일제를 위해서 목숨도 던질 수 있는 충성스러운 일꾼을 만드는 것이었어요. 그런 상황이라면 바우가 그렇게 부러워했던 경환이도 사실은 자기 꿈을 이루고 행복하게 살아갈 수 있을 것 같지는 않습니다.

학교 이름은 어떻게, 왜 바뀌었나?

〈나비를 잡는 아버지〉를 보면, 처음에는 '소학교'라고 했다가 나중에는 또 '보통학교'라고 합니다. 사실은 비슷한 건데 이름만 바뀐 거예요. 그렇다면 학교 이름이 언제, 어떻게, 왜 바뀌게 된 것일까요?

1906
보통학교

을사조약(1905) 이후
일제는 을사조약 이후 조선에 대한 실질적 지배를 강화하기 위해 교육 제도를 뜯어고치면서, '소학교'를 '보통학교'로 바꾸었다. 보통학교에서는 조선의 아이들에게 일본의 말과 문화를 잘 가르쳐서 '보통의 일본 사람'으로 만드는 것을 목표로 했다.

3·1 운동(1919) 이후
이때부터 일제는 조선을 힘으로 억누르며 지배하는 방식에서 조금씩 달래 가며 지배하는 방식으로 바꾸었다. 그래서 조선 사람들한테도 어느 정도의 고등 교육을 허락하는데, 그 결과 고등보통학교와 사범학교 따위가 생겨나고 대학도 세워졌다. 하지만 이는 조선 사람을 적당히 교육시켜서, 그들을 이용하여 다른 조선 사람들을 지배하려는 속셈이었다.

1895
소학교

갑오개혁(1894) 이후
근대적 교육을 하기 위한 학교를 세우고 '소학교'라고 하였다. 소학교는 몇 년 사이에 60개 정도로 늘어났다.

1938
심상소학교

중일전쟁(1937) 이후
학교와 관공서에서는 우리말을 쓰지 못하도록 금지하였다. 학교 이름도 '보통학교'를 '심상소학교'라고 바꾸었는데, '심상(尋常)'은 '보통'이라는 뜻이다. 이 이름이 길고 불편하니까 그냥 '소학교'라고 부르는 경우가 많았다.

1941
국민학교

태평양전쟁(1941) 이후
일본 천황의 명령에 따라 '국민학교'로 바뀌었다. 국민학교는 '황국신민의 학교'를 줄인 말인데, '황국신민'이란 '천황이 다스리는 나라의 신하된 백성'이라는 뜻이다. 천황의 나라를 위해서 목숨을 바칠 수 있는 충성스러운 국민을 만들겠다는 의도였다.

1996
초등학교

1945년에 해방이 되고도 51년 동안이나 '국민학교'라는 이름을 쓰다가, 1996년에야 그 이름을 버리고 '초등학교'라는 이름을 쓰게 되었다.

우리나라의 학교 이름이 바뀌게 된 건 역사적 사건이나 일제의 의도와 관련이 깊어요. 특히 일제는 중일전쟁이나 태평양전쟁이 일어났을 때 조선 사람들을 자기들 전쟁에 동원해야 할 필요를 느꼈고, 그것을 위해 교육 제도와 함께 학교 이름까지 바꿨어요.

바우에게 그림책은 어떤 의미인가요?

"담부터 내 눈앞에 그 그림 그리는 꼴 보이지 말어라. 네깐 놈이 그림 그걸루 남처럼 이름을 내겠니, 먹고살게 되겠니?"

나비를 잡아 오지 않겠다는 바우의 말에 흥분한 아버지는 바우의 소중한 그림책을 찢어 버렸어요. 책이 찢겨진 것을 본 바우의 심정은 어땠을까요? 바우에게 자신의 그림을 차곡차곡 담아 놓은 그림책은 무엇보다 소중한 재산이자 '미래의 꿈'이었을 거예요. 아궁이에 불쏘시개 감으로 들어간 그림책을 보았을 때, 아마도 바우는 자기 꿈이 한순간에 무너지는 듯한 느낌이 들지 않았을까요?

하지만 아버지는 그림 그리는 바우가 못마땅했고, 그림이 가득 담겨 있는 그림책도 마음에 들지 않았어요. 오늘날에는 화가가 어엿한 직업이지만 당시에는 그림 그리는 것을 천하게 여겼답니다. 더군다나 돈을 많이 벌 수 있는 직업도 아니었기 때문에 바우 아버지가 바우를 더욱 책망했을 거예요.

그 시대에 화가로 먹고살 수 있었던 사람들은 일본에서 그림 공부를 하고 돌아와 '조선미술전람회' 같은 데에서 상을 받은 몇몇에 지나지 않았어요. 하지만 바우는 학교도 제대로 다닐 수 없는 형편이었죠.

당대의 화가들

서민의 화가, 박수근(1914~1965)

박수근은 별다른 미술 수업을 받지 못한 채 혼자서 그림 공부를 했어요. 그러다가 열여섯 살 무렵에 〈봄이 오다〉라는 작품으로 '조선미술전람회'에서 처음 상을 받았어요. 그 이후로 네 차례에 걸쳐 상을 타면서 겨우 화가로 인정을 받지만, 해방에 뒤이어 찾아온 한국전쟁 때문에 어렵고 힘들게 살았어요. 한국전쟁이 끝난 직후에는 미군들에게 초상화를 그려 주면서 근근이 살았답니다.

힘들고 어렵게 살면서도 꿋꿋하게 자기 주변 사람들의 무던한 삶을 그림에 담아내었기에, 우리나라를 대표하는 화가가 될 수 있었답니다.

소 그림으로 유명한 화가, 이중섭(1916~1956)

이중섭은 어릴 적에는 넉넉한 가정에서 자랐어요. 그래서 고등학교 때에는 유학파 화가였던 임용련 선생님의 지도를 받으며 그림을 체계적으로 배웠지요. 그러나 한국전쟁 이후에는 생활이 무척 어려웠대요. 그림 그릴 종이도 구하지 못해 담뱃갑의 은박지에 그림을 그려야 할 정도였지요.

결국 생활의 어려움을 이기지 못해 부인과 아이들은 일본의 처갓집으로 보내고 혼자 떠돌아다니며 그림을 그렸어요. 그러다가 1955년에 친구들의 도움으로 생애 첫 전시회를 열게 되었죠. 그 후 정신분열증 증세를 보이다가 1956년 간염으로 숨을 거두고 말았어요.

반평생을 가난에 허덕이다가 병원에서 홀로 죽음을 맞이한 이중섭. 그는 그런 고달픈 삶 속에서도 온 가족이 한데 어울려 오붓한 시간을 보내는 꿈을 그림에 담아냈답니다.

나비의 매력에 빠진 사람들

나비 그림에 빠진 화가, 남계우(1811~1888)
남계우는 수천 마리의 나비를 잡아다가 종위 위에 대고 부드러운 석탄으로 본을 떠낸 다음에 색을 칠하는 방법으로 그림을 그렸어요. 그림이 얼마나 섬세했던지, 석주명은 남계우의 그림을 보고 무려 서른일곱 종의 나비를 알아볼 수 있었다고 해요.

나비에 목숨을 걸었던 나비 연구가, 석주명(1908~1950)
석주명은 평생 동안 약 75만 마리의 나비를 채집했다고 알려진 세계적인 나비 연구가예요. 일본에서 공부를 한 뒤 한국에 돌아와 교사로 근무하면서 나비를 연구했어요. 방학 숙제로 내주던 '곤충 채집'도 이 사람이 처음 시작한 거라고 하네요.
석주명은 10년이 넘는 연구 끝에 《조선 나비 총목록》을 펴내면서 우리나라 나비의 종류를 248종으로 확정 짓고 이전의 잘못들을 모두 바로잡았어요.

나비를 사랑했던 소설가, 헤르만 헤세(1877~1962)
헤르만 헤세의 작품집 《나비》에는 곤충 채집에 빠졌던 어릴 적 이야기, 성인이 되어서 나비 구경을 하기 위해 깊은 산 외진 곳을 찾아가는 이야기, 인도의 나비를 채집하기 위해 인도의 나비잡이꾼과 실랑이를 벌이는 이야기 등이 담겨 있어요.
헤르만 헤세는 "이런 섬세한 즐거움과 격렬한 욕망이 뒤섞인 기분은 그 후 지금까지 인생에서 그렇게 자주 느낄 수 없었다."라며 나비 채집을 예찬했어요.

바우네 동네는 어떤 모습인가요?

"당신도 가 보우. 바깥사랑에서 부릅디다."

예전에 상류층이 살았던 전통 주택의 공간은 사랑채, 안채, 행랑채로 나뉘어 있었어요. (바깥)사랑채는 집안의 남자 주인이 머물며 손님을 접대하거나 공부를 하던 곳이고, 안채는 주로 여자 주인과 아이들이 생활하던 공간이지요. 그리고 행랑채에는 하인들이 살았어요. 그래서 집안의 남자 주인을 '바깥주인', 여자 주인을 '안주인'이라고 불렀답니다.

경환이 아버지를 '바깥사랑'이라고 부르는 것으로 보아, 경환이네 집도 잘살았던 모양이에요.

바우는 어슬렁어슬렁 길로 나가더니 우물 앞 정자나무 앞에 이르자 걸음을 멈추고, 그리고 동네 노인들이 장기를 두고 앉았는 것을 넋을 놓고 들여다보고 섰다.

'정자나무'는 마을 어귀에 서 있는 큰 나무를 말해요. 나무 그늘 아래에 정자를 지어서 마을 사람들이 쉬곤 했기 때문에 그렇게 부르죠. '정자나무'라는 나무가 따로 있는 건 아니고, 느티나무나 은행나

무같이 잎이 무성하고 키가 큰 나무들이 그런 구실을 했어요.

　정자나무 곁에는 '우물'이 있는 경우가 많았어요. 예전에는 땅을 파는 기계 장비가 없었기 때문에 우물을 파는 일이 쉽지 않았어요. 그러다 보니 집집마다 우물을 가질 수가 없었고, 마을 사람들이 함께 쓸 수 있도록 알맞은 곳에 우물을 만들어 함께 썼답니다.

　남자들은 주로 정자나무에 모여서 장기나 바둑을 두었고, 여자들은 우물에 모여서 나물이나 쌀을 씻으며 이야기를 주고받았지요.

왜 하필 나비를 두고 다툴까요?

"누가 장난으로 잡는 거냐. 학교서 숙제를 냈어. 동물 표본을 만들어 오라구."

"니가 동물 표본을 만들기에 나비가 필요하다면 난 그림 그리는 데 필요한 나비야. 너만 위해서 생긴 나비는 아니지."

나비, 잠자리, 매미, 하늘소, 풍뎅이……. 하늘을 날아다니는 곤충은 많이 있어요. 그런데 바우와 경환이는 왜 하필 나비를 가지고 다툴까요? 그건 나비가 다른 곤충들보다 아름답기 때문이 아닐까요?

소설 첫머리에서 경환이와 바우가 다투게 되는 계기는 호랑나비인데, 호랑나비는 나비 가운데서도 아주 화려하고 우아해요. 경환이는 '저 아름다운 나비를 잡아서 동물 표본을 만들면 얼마나 멋질까!'라는 생각을 했겠죠. 반면 바우는 '저 아름다운 나비를 그림으로 그려야지!'라는 생각을 했을 겁니다.

그렇다면 나비는 바우와 경환이의 꿈과 관련된다고도 볼 수 있어요. 경환이는 그것을 잡아 멋진 동물 표본으로 만들어서 좋은 점수를 받고 싶어 하고, 바우는 화가가 되고 싶어서 나비를 그리는 연습을 하려는 것이니까요.

그런데 바우와 경환이가 나비를 대하는 태도는 사뭇 다릅니다. 경환이는 나비를 잡으려 하고, 바우는 그것을 그리려고 해요. 다시 말해서 한 사람은 손에 넣으려고 하고, 다른 사람은 그저 눈으로 보고 그것을 그리려고만 할 뿐입니다. 왜 그럴까요?

나비를 두 사람의 꿈이라고 생각해 보면 그 까닭을 찾을 수 있을 거예요. 경환이는 마름의 자식이기 때문에 자기가 꿈꾸는 것을 손에 넣을 수 있는 형편인 데 견주어, 소작농의 아들인 바우는 그럴 형편이 못 되기 때문에 꿈을 마음속으로 삭이며 그저 그것을 그리는 일로 만족한다는 뜻이 아닐까요?

나비는 두 사람의 '꿈'과 관련될 뿐만 아니라 그들의 능력을 빗대어 보여 주는 구실도 해요. 경환이는 동네 아이들까지 데리고 다니면서 호들갑을 떨지만 호랑나비를 잡지는 못해요. 하지만 바우는 그 나비를 손쉽게 잡지요. 보통학교 때 바우가 경환이보다 공부도 잘하고 힘도 셌던 것처럼…….

그런데 결국 바우는 그 호랑나비를 가지지 못해요. 그냥 날려 보내 버리죠. 그 나비는 아마 경환이가 가지게 될 겁니다. 어떻게 해서라도 그 나비를 잡으려고 할 테니까요. 바우가 말을 안 들으니 마름인 아버지에게 일러바쳐서 바우 아버지를 불러들이기까지 하잖아요.

보통학교에서 경환이는 바우에게 뒤졌어요. 그러나 마름인 부모님의 위세를 빌려 상급 학교에 진학하죠. 바우가 시골에서 농사를 지을 때, 경환이는 서울에서 번듯한 직장을 갖게 될 겁니다. 아마도 작가는 나비에 대한 두 인물의 대비되는 모습을 통해 능력이 아니라 출신에 따라 삶이 달라지는 현실을 비판하고 있는 것은 아닐까요?

그리고 경환이는 동네 아이들을 모두 끌고 다니면서 나비를 잡습니다. 또한 바우네 생계가 달린 참외밭을 짓밟는 것쯤은 아무렇지도 않게 여기죠. 이를 통해 작가는 무엇을 말하려고 했던 걸까요? 자기 꿈을 이루기 위해서 힘없는 사람들을 이용하고, 다른 사람의 삶을 짓밟기까지 하는 태도를 꼬집으려 한 것이 아닐까요?

이처럼 '나비'에는 많은 이야기가 담겨 있어요. 가녀리고 예쁜 나비 한 마리에 그토록 무겁고 심각한 이야기가 숨어 있다는 것을 여러분은 눈치챘나요?

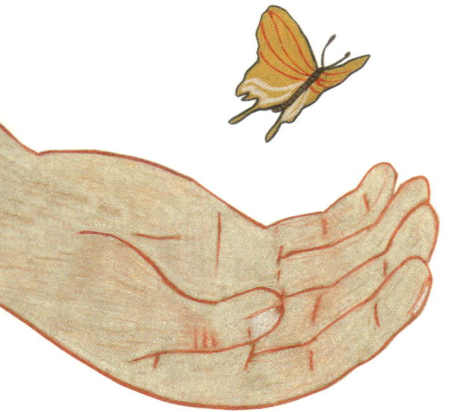

나비와 꿈

'나비' 하면 떠오르는 옛이야기가 하나 있어요. 중국의 사상가였던 장자(본래 이름은 장주)가 지은 《장자》라는 책에 나오는 이야기랍니다.

어느 날 장주는 꿈에 나비가 되었다. 훨훨 나는 나비가 된 것이 기뻤고 흔쾌히 스스로 나비라고 생각했으며 자기가 장주라는 것을 알지 못했다. 그러나 금방 꿈에서 깨어나자 틀림없이 다시 장주였다. 장주가 꿈에 나비가 되었는지 나비가 꿈에 장주가 되었는지 알 수가 없었다.

한번 생각해 보세요. 꿈속에서 나비가 되면 얼마나 신이 날까요? 마음껏 하늘을 날아다니고, 여기저기 핀 아름다운 꽃을 찾아다니고……. 더군다나 보통 때는 가 보고 싶었지만 갈 수 없던 곳도 마음껏 다닐 수 있으니 패나 설렐 거예요.

장주도 그렇게 신나는 꿈을 꿨나 봐요. 그 꿈이 어찌나 신나고 생생한지, 깨고 나니 헷갈릴 정도였대요. 자기가 원래 장주였는데 나비가 된 꿈을 꾸고 다시 장주로 돌아온 것인지, 아니면 원래 나비였는데 꿈속에서 장주가 된 것인지……. 장주가 되어 있는 지금의 자기 모습이 꿈인지 현실인지 구분이 안 될 정도였다는 뜻이죠.

이 이야기에서 나비는 '인간의 꿈'을 상징한다고 볼 수 있어요. 현실에 사는 인간은 모든 것을 다 이룰 수 없기 때문에 꿈을 꾸는 것인지도 모르죠. 인간이 현실적인 존재라면, 꿈은 이상적인 세계예요. 그래서 인간과 꿈 역시 나비와 장주처럼 하나도 아니요 둘도 아닌 '不一不二(불일불이)'의 관계라고 할 수 있어요. 나는 아직 꿈대로 된 것이 아니니 하나가 아니지만, 내가 간절히 바라고 원하는 것이니 나와 완전히 동떨어진 둘도 아닌 것이죠. 내가 곧 꿈이요, 꿈이 곧 나 자신이라는 말입니다.

여러분은 어떤 꿈을 갖고 있나요? 그 꿈이 여러분의 또 다른 모습입니다.

호랑나비와 송장나비는 어떻게 다른가요?

잠시 언덕 너머가 떠들썩하더니 호랑나비 한 마리가 피로한 나래로 갈팡질팡 날아와 밤나무 가지에 야트막하게 앉는다. 바우는 그 나비를 쉽게 잡을 수 있었다.

개울 건너 바우네 참외밭에서 경환이란 놈이 나비 잡는 채를 휘두르며 날뛰고 있다. 그까짓 송장나비를 잡으려고 그러는 것이 아닐 텐데.

바우가 처음 잡았던 나비가 '호랑나비'이고, 경환이가 바우네 참외밭을 망치면서 잡으려고 따라다녔던 나비가 '송장나비'예요.
　호랑나비는 우리나라의 대표적인 나비인데, 날개에 호랑이 얼룩과 닮은 무늬가 있어요. 그리고 송장나비는 죽은 짐승의 시체에 알을 낳

기 때문에 그런 이름이 붙은 거예요.

　글을 쓰는 작가들은 어떤 표현을 쓸 때 그 표현이 전달해 줄 느낌이나 일으킬 반응을 신중하게 생각해서 써요. 그렇다면 작가는 왜 '호랑나비'와 '송장나비'를 등장시킨 것일까요?

　'호랑나비'는 호사스런 모양과 찬란한 빛깔 때문에 많은 사람들에게 사랑받았고, 특히 부귀영화의 상징으로 받아들여졌어요. 그래서 우리나라는 물론이고 중국에서도 화가들이 즐겨 그리던 소재였답니다. 바우는 호랑나비의 그 황홀한 아름다움을 보며, 자신의 미래가 그렇게 빛나기를 기대하지 않았을까요?

　하지만 바우는 경환이의 채근에 기분이 나빠져서 호랑나비를 하늘로 날려 보내요. 화가 난 경환이는 일부러 바우네 참외밭에서 채를 휘두르며 나비 잡는 시늉을 하죠. 그 때문에 바우는 화가 나서 결국 경환이와 싸우게 됩니다. 그때 등장한 나비가 바로 '송장나비'예요. 앞으로의 사건이 무언가 불길한 방향으로 흘러갈 것 같은 느낌을 전해 주지 않나요?

　이렇게 본다면 '호랑나비'에서 '송장나비'로 옮겨 가는 '이름의 변화'는, 평안하던 바우의 일상이 경환이와의 싸움 때문에 엉망이 되어 버리는 '바우의 삶의 변화'와 맞닿아 있는 것 같습니다.

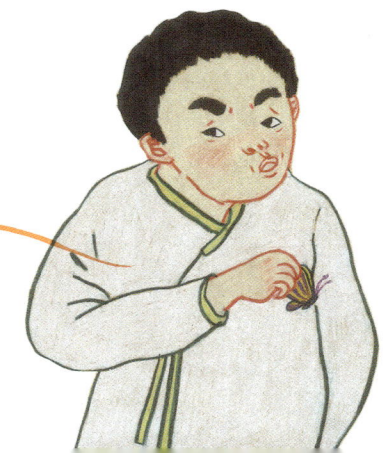

우리나라에서 볼 수 있는 나비들

신비로운 날갯짓이 인상적인 '제비나비'

산에 가면 만날 수 있는 나비예요. 검은빛을 띠고 있고, 날개 끝이 제비 꼬리처럼 길게 뻗어 나와 있어요. '산제비나비'는 어른 손바닥만큼이나 큰데, 그런 나비들이 숲속을 너울너울 날아다니는 것을 보면 신비롭기까지 합니다. 그래서 옛날에는 '산신령나비'라고 부르기도 했어요.

작고 아담해서 예쁜 '배추흰나비'

도시에서 흔히 볼 수 있는 나비예요. 흰색 날개를 가졌고, 주로 배추에 붙어서 번식을 해요. 도시 가까운 밭에서 자라나서 주위를 돌아다니기 때문에, 도시에 사는 사람들이라도 어렵지 않게 만날 수 있어요. 작고 아담한 배추흰나비가 팔랑팔랑 날아다니는 걸 보면, '아, 봄이 왔구나.' 하며 사람들이 무척 반가워하지요.

작지만 나름대로 멋을 내고 다니는 '작은멋쟁이나비'

전 세계에 두루 사는 나비예요. 주황색 바탕에 검은 무늬가 점점이 들어가 있는 멋진 날개를 가지고 있어요. 우리나라에서도 볼 수 있는데, 사람들이 호랑나비인 줄 착각하기도 해요. 하지만 호랑나비는 주황색 바탕이 아니라는 걸 기억하면 헷갈리지 않을 거예요. 이 나비를 보면, 누구라도 '이야, 저 녀석 참 멋지구나.' 하는 생각이 들 겁니다.

거꾸로 된 여덟 팔(八) 무늬가 있는 '거꾸로여덟팔나비'
검은색 바탕의 날개에 '여덟 팔(八)' 자 모양의 흰 줄이 나 있어요. 그래서 한자를 쓰던 예전 사람들이 '여덟 팔(八)' 자를 떠올렸던 것 같아요. 한자를 잘 쓰지 않는 요즘 사람들 같으면 '거꾸로시옷(ㅅ) 나비'라고 했을지도 몰라요.

왕자처럼 화려한 모양으로 팔랑거리는 '왕자팔랑나비'
이 집안은 온통 대단한 분들만 모여 있어요. 맨 위로 '대왕팔랑나비', 그 아래로 '왕팔랑나비', 마지막으로 '왕자팔랑나비'. 대왕, 왕, 왕자 이렇게 높은 지위에 계신 나비 분들이 어떻게 '팔랑'거렸기에 '팔랑나비'라는 가벼운 이름이 붙은 것일까요? 이 세 분이 한데 모여 '팔랑팔랑' 날아다니고 있으면 큰절부터 해야 할 것 같아요!

날갯짓이 어찌나 팔랑거리는지 유리창이 들썩이는 '유리창떠들썩팔랑나비'
이 나비만 나타나면 온 동네 유리창이 들썩들썩하나 봐요. 정말 대단한 녀석인가 봐요! 실은 이 나비의 날개에 유리창처럼 투명한 부분이 있어서 '유리창'이라는 표현을 쓴 거예요. 또 이 나비의 움직임이 다른 나비들보다 '떠들썩'하다고 해요. 이 녀석 친구들로 '수풀떠들썩나비', '검은테떠들썩나비'가 있어요. 이 녀석들이 한데 모여 있으면 정말 온 들판이 떠들썩하겠죠?

경환이는 왜 죄 없는 송아지를 때렸나요?

경환이는 갑자기 몸을 날려 그 나비를 쫓아간다. 그러다가 나비가 아래 논 가운데로 날아가자 뒤돌아서 바우를 무섭게 한 번 눈을 흘겨보고, 그리고 돌 하나를 집어 근처에서 풀을 뜯고 있는 송아지를 때리고는 언덕 아래로 달아났다.

바우와 경환이는 나비 때문에 실랑이를 벌여요. 그러다가 바우가 잡은 나비를 놓아주자 경환이는 그 나비를 쫓아가죠. 그리고 나비를 놓친 경환이는 돌 하나를 집어 바우가 풀을 뜯기는 송아지를 때리고 가 버립니다. 경환이가 바우와 싸우거나 바우에게 욕을 하는 게 아니라 송아지를 때리는 행동은 어떤 의미일까요?

　시험을 볼 때, 기막히게 공부한 것만 나오는 날이 있었나요? 우리는 그런 행운이 계속되는 것을 '샐리의 법칙(Sally's law)'이라고 합니다. 반면에 머리를 감지 않은 날 좋아하는 이성 친구와 짝이 되는 경우처럼, 일이 잘 풀리지 않고 갈수록 꼬이기만 하는 것을 '머피의 법칙(Murphy's law)'이라고 해요. 인생은 수많은 우연의 연속이에요. 운명이라는 것이 있을지도 모르지만 누구도 그것을 미리 예측하거나 조정할 수는 없을 겁니다.

하지만 소설은 그렇지 않아요. 작가는 정밀한 기계의 시스템을 설계하는 것처럼 이야기를 짭니다. 어떤 인물을 등장시키고, 어떤 말과 행동을 하게 하고, 어떻게 사건을 진행시킬 것인가 하는 것을 세밀하게 조직하지요. 그리고 사소한 물건 하나와 배경까지도 꼼꼼하게 배열합니다. 그렇다면 송아지를 때리고 달아나는 경환이의 행동도 작가의 의도에 의한 것이라 할 수 있을 겁니다.

송아지를 때리고 달아나는 경환이의 행동을 바우에 대한 단순한 화풀이로 볼 수도 있지만, 바우에게 간접적으로 복수를 할 것이라는 사실을 넌지시 알려 준 것이라고 볼 수도 있어요. 이렇게 본다면, 송아지를 때리고 달아나는 경환이의 행동은 앞으로 벌어지게 될 사건을 짐작하게 하는 '복선(앞으로 일어날 사건에 대해 미리 독자들에게 넌지시 알려 주는 역할을 하는 말이나 행동)'이라고 할 수 있을 겁니다. 앞으로 어떤 일이 일어날 것인지 또는 복잡한 사건과 갈등이 어떻게 해결될 것인지 예측할 수 있는 복선을 찾는 것은 소설을 읽는 또 하나의 재미입니다.

왜 경환이의 마음은 드러나지 않나요?

이 소설을 읽어 보면 바우의 마음은 곳곳에 잘 드러나 있어요. 아래에 있는 표현들을 볼까요? 바우의 마음이 바뀔 때마다 그 마음을 직접 드러내고 있어요. 이처럼 서술자가 소설 속 인물의 마음이 어떠하다고 직접 설명하는 방법을 '말하기'라고 해요.

> 바우는 무척 슬퍼하고 억울해 하고 따라서 경환이를 부러워도 하였다. 바우 자기가 값없이 보내는 그 하루하루에 경환이는 좋은 학교, 훌륭한 선생 아래서 날마다 새로워 가고 높아 갈 것을 생각할 때, 바우는 가만히 있지 못했다.

> 경환이는 그 나비를 쫓아 구두 신은 발로 지금 한창 참외가 열기 시작하는 넝쿨을 함부로 질겅질겅 밟으며 이리 뛰고 저리 뛰고 한다. 일부러 그러는 것이 분명하다. 나비를 잡는 척 참외밭으로 몰아넣고 참외 넝쿨을

결딴내는 것이리라. 바우는 눈이 뒤집혔다.

누구에게든 머리를 굽힐 까닭이 없다는 고집이 정자나무통만큼 뻣뻣할 뿐이었다.

한종일 아버지 어머니에게 애매한 미움을 받고 또 그림책을 찢기우고 한 그 억울한 감이 가슴속에 벅차 다른 무엇이 들어갈 여지가 없었다.

아들의 그만한 체면쯤 보아줄 줄 모르고 자기네 요구만 고집하는 아버지가, 그리고 어머니까지 바우는 무척 야속했다. 노여웠다.

집에서보다 갑절 어버이에 대한 야속함과 노여움이 사무친다.

지금까지 잠기어 있던 어두운 마음에서 벗어나, 그 아버지가 무척 불쌍하고 정답고 그리고 그 아버지를 위하여서는 어떠한 어려운 일이든 못할 것이 없을 것 같고…….

  하지만 경환이에 대해서는 그렇지 않아요. 어디를 찾아봐도 경환이의 마음을 말한 데는 없어요. 그럼에도 불구하고 읽는 이들은 경환이가 어떤 아이인지 또렷이 알고 있어요.

흰 얼굴빛, 바지통이 넓은 양복, 흰 테두리를 두른 모자, 참외 넝쿨을 짓이기는 구두 따위를 통해 경환이가 어떤 사람인지 알 수 있기 때문이죠.

또 동네 아이들을 끌고 다니며 부르는 유행가, 자랑하듯이 떠벌리는 활동사진 배우들 이야기도 경환이가 어떤 인물인지 잘 보여 줍니다. 더 나아가 바우에게 힘으로 당할 수 없으니까 돌멩이를 들어서 애꿎은 송아지에게 화풀이를 하는 행동, 자기가 해결할 수 없으니까 부모에게 일러바치는 행동 따위를 통해서도 경환이의 됨됨이를 짐작할 수 있어요.

이처럼 등장인물이 하는 말이나 행동, 옷차림, 생김새 따위를 통해서 그 인물을 간접적으로 드러내기도 하는데, 그런 방법을 '보이기(보여 주기)'라고 해요. '등장인물이 이러저러한 사람이다.'라고 말로 설명하는 게 아니라, 그의 행동이나 말을 보여 줌으로써 독자들이 스스로 알도록 하는 방법이지요.

서술자가 바우를 편애하는 건 아닌가요?

> 경환이는 손에 돌을 집어 들고 그리고 얼굴에 울음을 만들고는,
> "이 자식아, 남 나비 잡는 사람 왜 때리고 훼방을 놓는 거야. 왜?"
> 하고 비겁하게 돌 든 손을 머리 위로 쳐들어 겨누는 것이다.

경환이와 바우가 나비 때문에 싸우는 장면입니다. 경환이가 힘으로는 바우를 당할 수 없으니까 돌을 집어 드네요. 그래서 서술자는 경환이가 비겁하다고 표현했습니다. 바우 편에서 보면 경환이가 비겁한 게 맞습니다.

  그런데 경환이 편에서 보면 어떨까요? 경환이도 무척 억울한 사정이 있을 것 같습니다. 그러니까 얼굴에 울음까지 만들잖아요. 그러고는 외칩니다. "이 자식아, 남 나비 잡는 사람, 왜 때리고 훼방을 놓는 거야, 왜?"라고 말이에요.

  여러분은 어떤 선생님을 가장 싫어하나요? 아마도 편애하는 선생님이 몇 손가락 안에 들지 않나요? 그런데 이 소설을 보면 서술자가 바우를 편애한다고 느낄 수 있어요. 서술자가 늘 바우 편에서 이야기를 하고 있기 때문이지요. 원래 소설을 경환이 편에서 고쳐 쓴 것과 견

주어 보면, '서술자가 바우를 편애하고 있구나.' 하는 사실을 쉽게 알 수 있을 거예요.

원래 소설 : 바우 편에서 서술

경환이의 심술은 이것만으로 고만두지 않았다. 송아지에게 먹을 만치 풀을 뜯기고 언덕 아래로 몰고 내려와 수수밭 모퉁이를 돌아섰을 때 바우는 다시금 놀랐다. 개울 건너 바우네 참외밭에서 경환이란 놈이 나비 잡는 채를 휘두르며 날뛰고 있다. 그까짓 송장나비를 잡으려고 그러는 것이 아닐 텐데, 경환이는 그 나비를 쫓아 구두 신은 발로 지금 한창 참외가 열기 시작하는 넝쿨을 함부로 질겅질겅 밟으며 이리 뛰고 저리 뛰고 한다. 일부러 그러는 것이 분명하다. 나비를 잡는 척 참외밭으로 몰아넣고 참외 넝쿨을 결딴내는 것이리라. 바우는 눈이 뒤집혔다. 더욱이 그 참외밭은 장차 햇곡식이 나기 전까지의 바우 집 식구들의 식량을 거기다 예산하고 있는 것이요, 바우 자기도 잘 열면 책 한 권쯤 사 달래려고 벼르고 있던 터다.

고친 소설 : 경환이 편에서 서술

경환이는 오늘도 나비를 잡지 못해서 무척 속이 탄다. 그동안 몇 마리 잡기는 했지만, 날개가 상하거나 다리가 부러져서 쓸 만한 건 하나도 없다. 여름방학 숙제로 학교에 내야 하는데, 그 숙제를 낸 하야시 선생님은 무섭기로 소문이 났다. 제대로 못하면 된통 혼쭐이 날 게 뻔하다. 그런 생각으로 마음이 무거운데, 마침 날개가 크고 아름다운 호랑나비를 발견했다. 한나절을 따라다녀서 나비가 지쳐 있을 때였다. 이제 손만 뻗으면 잡을 수 있다. 그런데 그걸 바우 녀석이 냉큼 잡더니 다시 날려 버렸다. 힘이 쭉 빠졌다.

서술자가 누구 편에 서느냐에 따라서 느낌이 사뭇 다르죠? 이런 것을 서술자와 등장인물 사이의 거리라고 해요. 이 작품에서는 서술자와 바우의 거리가 가장 가깝고, 서술자와 경환이의 거리가 가장 멀어요. 서술자가 바우 편에 있으니 바우를 편애한다고 느끼는 건 당연합니다. 이렇게 서술자가 누구 편에 서 있느냐를 따져 보면, 작가의 가치관과 작품의 주제까지도 엿볼 수 있답니다.

왜 아이들 싸움이
어른들에게까지 번졌나요?

여기는 베이징, 모시나비 한 마리가 가녀린 날개를 펴고 '살랑' 날아갑니다. 그 때문에 보일 듯 말 듯 아주 여린 실바람이 일어나지요. 실바람은 곁을 지나던 남실바람을 만나 휘청 돌더니 산들바람이 되었다가 움찔 몸을 움직여서 건들바람으로 자랍니다. 때마침 아래에서 올라오는 회오리바람을 타고 하늘 높이 올라가지요. 하늘에서는 차갑고 따뜻한 공기가 뒤섞이면서 길이 열리고, 그곳으로 쏜살같이 달리며 된바람으로 몰아칩니다. 산을 만나면 더 큰 소용돌이가 되고, 강을 만나면 동무들을 모아서 몸집을 불리고, 들판을 만나면 쏜살같이 속도를 냅니다. 태평양 위를 거침없이 내달리던 노대바람은 북아메리카 대륙을 만나서 왕바람으로 거칠어지고, 드디어 뉴욕에 닿아서 도시 전체를 집어삼키는 어마어마한 싹쓸바람으로 몰아치게 됩니다.

말도 안 되는 이야기 같지만, 이것은 미국의 기상학자 에드워드 로렌츠(1917~2008)가 1961년에 기상 관측을 하다가 생각해 낸 '나비 효과'를 설명한 것입니다. 변화무쌍한 날씨를 예측하기란 몹시 어려운데, 그 까닭은 지구 어디에선가 일어나는 아주 조그마한 변화들이 얽히고설키기 때문이라는 것이죠. 베이징에서 나비 한 마리가 일으키는 아주 작은 바람이 주변의 여러 변화와 얽히고설키다 보면 뉴욕을 집어삼키는 폭풍이 될 수도 있다는 뜻이에요.

기상 관측뿐이겠습니까? 세상에는 그런 일들이 아주 많아요. 문학 작품이나 영화에서도 그런 사례를 어렵지 않게 찾을 수 있어요. 아주 사소한 '무엇' 때문에 인생이 송두리째 바뀌는 주인공들이 허다하니까요. 〈심청전〉의 심학규는 공양미 삼백 석을 바치겠다고 약속을 했고, 〈흥부전〉의 흥부는 제비 다리를 고쳐 주었고, 인어공주는 열다섯 살이 되는 생일에 왕자를 봤어요. 그리고 그런 일 때문에 그들의 인생이 완전히 달라졌지요.

〈나비를 잡는 아버지〉에서도 비슷한 일이 벌어져요. 바우와 경환이는 호랑나비 한 마리 때문에 다툽니다. 그리고 그 다툼이 불씨가 되어 주먹다짐으로 번지게 되었어요. 그 일이 커져서 경환이 어머니는 바우 어머니를, 경환이 아버지는 바우 아버지를 불러들입니다. 아이들 싸움이 어른들에게로 옮겨 간 것이죠. 그리고 급기야 바우네는 소작을 떼일 위기에 처하게 돼요. 호랑나비 한 마리 때문에 시작된 아이들의 갈등이 한 집안의 생계까지 위협하게 된 셈입니다.

그런데 나비 효과의 핵심은 '작은 사건이 크게 번진다'는 게 아니라, 그렇게 되기까지 '어떤 문제들이 얽히고설킨다'는 거예요. 그러니까 이 소설에서도 아이들 싸움이 어른 싸움이 되었다는 사실보다는, '도대체 어떤 문제가 얽혀 있었기에 아이들 싸움이 그렇게 불거졌을까?' 하는 것이 더 중요하답니다.

나비 효과의 실례

역사 속 나비 효과 - 제1차 세계 대전

1914년 6월 28일 일요일, 오스트리아의 사라예보에서 오스트리아 황태자와 황태자비가 암살을 당했어요. 이것이 바로 유명한 '사라예보 사건'이죠. 범인은 세르비아에서 온 열아홉 살 청년이었는데, 오스트리아 정부는 이 사건을 세르비아 정부에서 계획했다고 생각해서 7월 28일에 선전 포고를 했어요.

그 당시 유럽은 두 쪽으로 쪼개져서 아웅다웅하고 있었는데, 두 나라의 전쟁을 계기로 너도나도 전쟁에 뛰어들게 됐어요. 전쟁은 들불처럼 번져 나갔고, 유럽에서 천만 명이 넘는 사람이 목숨을 잃었죠. 이것이 바로 '제1차 세계 대전'이랍니다.

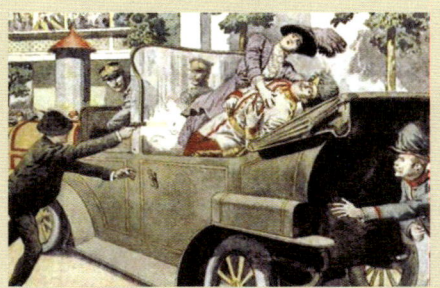
사라예보 사건

과학 속 나비 효과 - 엘니뇨

남아메리카의 서쪽 해안을 따라 흐르는 차가운 페루 해류 속에 갑자기 따뜻한 바닷물이 들어오면 바닷물의 온도가 올라가요. 바닷물의 온도가 조금 올라가는 것이 무슨 큰일인가 싶겠지만, 그 때문에 바람의 방향이 바뀌고, 더 나아가 한여름에 눈이 내리는 따위의 기상 이변이 일어나게 되죠.

남아메리카의 바닷물 온도가 조금 올라가는 것이 전 세계에 걸친 기상 이변으로 이어지는 셈이랍니다.

왜 잘못도 없는 바우네 부모님이 경환이네 집에 불려 갔나요?

> 어머니는 경환이 집 안주인이 꾸중꾸중 하더라는 것, 그리고 바우가 나비를 잡아 가지고 와서 경환이에게 빌지 않으면 내년부턴 땅 얻어 부칠 생각을 말라더란 말을 옮기며……

바우는 경환이가 자기네 참외밭을 까뭉개 버린 것 때문에 경환이와 싸우게 돼요. 그런데 경환이를 때린 바우가 아니라 바우의 부모님이 경환이네에 불려 가 혼이 나죠. 왜 그럴까요? 그것은 바로 바우네와 경환이네가 소작농과 마름의 관계이기 때문입니다.

바우와 경환이가 살던 시대에는 대부분의 사람들에게 농사가 생계 수단이었어요. 자기 땅에 직접 농사를 짓는 경우도 있었지만, 많은 땅을 가진 지주(땅 주인)들은 혼자서 농사를 지을 수가 없었어요. 그래서 다른 사람에게 땅을 빌려 주어 농사를 짓게 하고 돈이나 곡식으로 그 대가를 받았지요. 이것을 '소작 제도'라고 해요. 땅을 빌려 농사를 짓는 사람을 '소작인(소작농)'이라 불렀기 때문에 그렇게 이름 붙여진 것이죠.

많지 않은 땅을 가진 중소 지주는 직접 땅을 관리했지만, 많은 땅을 가진 대지주나 땅과 멀리 떨어져 사는 지주는 대리인을 두어 소

작을 관리했어요. 이 대리인이 바로 '마름'이에요. 마름은 소작료를 걷고 지주와 소작농 사이에서 소작료를 협상해 주는 역할을 맡았어요. 그래서 지주들은 자기와 사이가 좋거나 소작농 가운데 믿을 만한 사람을 마름으로 뽑았지요.

아주 오래전부터 우리나라에 있었던 이 제도는 일제 강점기에 와서 그 모양이 달라져요. 일제는 '토지 조사 사업'이라는 것을 했는데, 이를 통해 국가의 것이었던 땅의 소유권을 개인에게 넘겨줬어요. 그 때문에 소작농은 지주의 허락을 받지 않으면 개인 소유가 된 땅에서 더 이상 농사를 지을 수 없게 되었습니다.

이전의 소작농은 그렇지 않았어요. 자신이 농사 짓던 땅에 대한 소유권은 없었지만 농사를 지을 수 있는 권리, 즉 '소작권'을 가지고 있었거든요. 소작권을 가진 농민은 자신이 농사를 짓던 땅을 떼일 위험이 덜했어요.

그러나 '토지 조사 사업' 이후에는 소작농뿐 아니라 자기 땅이라 여기며 스스로 농사를 짓던 많은 자작농까지 소작농이 되고 말았어요. 나라의 땅이 일본 사람들이나 일제에 동조하는 사람들 소유로 바뀌어 버렸기 때문이죠. 그래서 자작농 역시 소작할 땅을 찾기 위해서 소작농과 경쟁하게 된 거예요. 따라서 소작 관리인인 마름의 역할이 더욱 커지게 된 것이죠.

일제 강점기에 마름은 소작료를 걷는 일, 소작농을 정하고 해지하는 일, 그리고 때때로 소작료를 결정하는 일까지 맡으면서, 지주보다 더한 권한을 행사하며 농민들을 괴롭혔어요.

이 때문에 마름은 이후 각종 문제를 일으키는 주범이 되어, 김유정의 〈봄봄〉과 〈동백꽃〉, 이기영의 〈고향〉 등과 같이 한국 현대사를 다루는 문학 작품 속에 약자를 괴롭히고 강자에게 아부하는 인물로 등장하게 되었죠. 전체 농민의 70~80퍼센트가 소작농이었던 당시의 현실에 비추어 보면 마름의 횡포, 사라진 소작권으로 인한 불안감, 그리고 과도한 소작료 등은 일제 강점기를 표현하는 데 빠질 수 없는 소재였을 겁니다.

이런 상황에서 소작농의 아들인 바우가 마름 집 아들인 경환이를 놀리고 멱살잡이를 하였으니 일이 크게 벌어진 것이죠. 당장 내년에 땅을 떼일 처지에 놓이게 되었으니까요.

만약 여러분이 바우 아버지였다면 이런 상황에서 어떻게 했을까요? 잘잘못을 따져서 경환이가 뭉개 버린 참외밭에 대한 피해 보상을 받았을까요, 아니면 상황을 인정하고 묵묵히 참았을까요? 바우 아버지는 묵묵히 참을 수밖에 없었어요. 자신과 가족의 생계가 마름인 경환이의 부모에게 달려 있으니 어찌해 볼 도리가 없었던 것이죠.

다음은 《개벽》 1920년 9월호에 실린 만길이라는 소작농 이야기예요. 이것을 읽어 보면 소작농과 마름의 관계가 어땠는지 짐작할 수 있을 겁니다.

> 만길이는 경성에 사는 민보국이라는 사람의 땅을 부쳐 먹고 사는 농부입니다. 민보국의 땅은 서울 외곽에 있었는데, 이 참봉이라는 자가 마름이었습니다. 그래서 만길이는 이 참봉의 비위를 맞추기 위해 때때로 닭을 잡고 갈비를 선물하고 술을 대접하기도 했습니다. 그것도 모자라 겨울철 농한기에는 이 참봉 집에 가서 마당도 쓸고 장작도 패 주었습니다. 이 참봉과 그의 부인이 외출을 할 때는 가마꾼 노릇도 하였습니다. 만길이의 아내도 이 참봉 집의 방아를 찧고 물을 긷고 빨래를 해 주었습니다. 그런데도 어느 해 설날에는 세배를 늦게 왔다고 맞아서 피를 보기도 했습니다. 그러나 만길이는 참을 수밖에 없었습니다. 왜냐하면 가족의 생계가 달려 있었기 때문이지요.
>
> 이런 일을 당하면서도 그해 만길이가 손에 쥔 곡식은 자신이 농사를 지어 거둔 전체에서 10퍼센트가 채 되지 않았습니다. 소작료로 50퍼센트 이상 내고, 마름에게 잘 보이려고 갖다 바치고(사실은 빼앗기고), 각종 세금에다 지난해 흉년 때문에 빌린 곡식을 갚아야 했기 때문이지요.

토지 조사 사업

'토지 조사 사업'은 일본이 조선을 안정적으로 다스릴 경제적 기반을 마련하기 위해 1910부터 1918년까지 시행한 대규모 국토 조사 사업이에요.

일본은 토지 조사 사업을 통해 모든 자원과 세금의 뿌리를 확실하게 알아서 식민 통치를 위한 돈을 마련하고, 일본인이 조선 땅에 살기 위해 필요한 토지를 확보하려고 했어요. 이 사업은 일본이 우리나라를 영원히 다스리기 위한 터를 닦는 데 그 목적이 있었어요.

또 영세 자작농들의 토지를 몰수함으로써 일본인 지주가 조선 땅을 소유하는 기반을 마련하였으며, 양반들의 권리는 인정함으로써 이들을 일본에 동조하는 사람으로 만들어 식민 통치를 쉽게 하려고 했어요. 그리고 빼앗은 땅은 국책 회사인 동양척식주식회사를 비롯한 일본의 토지 회사와 일본 이주민들에게 공짜로 또는 싼값으로 나누어 주었답니다.

'토지 수탈 사업'을 위한 토지 측량 광경

바우는 왜 가출을 결심했나요?

'아버지 말대로 정말 집을 나오고 말까. 그러면 아버지도 뉘우칠 때가 있겠지. 그리고 서울 같은 도회로 나가서 어떻게 고학이라도 해 볼까.'

바우는 경환이랑 싸운 것에 대해 잘못이 없다고 생각해요. 그러니까 경환이에게 잘못했다고 빌 필요도 없는 것이지요. 그런데도 무작정 경환이에게 잘못을 빌라고 하는 아버지와 어머니가 무척 야속했을 겁니다. 그리고 마름 집 말이라면 숨도 쉬지 못하는 부모님의 태도에

　화도 났을 거고요. 그래서 바우는 집을 나가 고학(苦學)을 하며 도회지에서 지낼 마음을 먹게 된 겁니다. 가출을 결심한 것이지요.
　그러나 바우가 하고자 하는 가출은 요즘의 초·중등학생들이 한다는 일명 '찜질방 가출'과는 격이 달라요. 시쳇말로 삥을 뜯거나 집에서 들고 나간 돈으로 찜질방에서 잠을 해결하고 컵라면으로 끼니를 때우는 가출과는 차원이 다르다는 말입니다. 아무리 열심히 일을 해도 보릿고개가 되면 굶는 날이 먹는 날보다 많은 상황에서, 무턱대고 도시로 간다고 해서 먹을 것이 하늘에서 툭 하고 떨어지는 것은 아니까요. 게다가 고학이라면 더 말할 것도 없어요. 때로는 배고픔과 질병, 그리고 불안정한 사회적 상황 때문에 목숨을 잃게 되는 경우도 있답니다. 그런 점에서 바우의 고민은 더욱 안타까워요. 뾰족한 해결책도 없으니까요.

그래서 마지막 장면에서 볼 수 있는 바우와 바우 아버지의 모습은 극적이면서 현실적이에요. 먹고사는 일과 연결된 지극히 현실적인 문제 앞에서 아들 대신 나비를 잡고 있는 불쌍한 아버지. 그리고 그를 안타깝게 바라보는 바우. 바우는 그 순간 부쩍 어른스러워 보입니다. 화난 마음이 연민으로 바뀌면서 바우는 아이에서 어른으로 한 단계 성장한 것이지요.

작가 노희경은 "어른이 된다는 건 상처 받았다는 입장에서 상처 주었다는 입장으로 가는 것이다. 상처 준 걸 알아챌 때 우리는 비로소 어른이 된다."라고 했어요. 그래서 바우가 세상과 아버지로부터 상처 받았다는 입장에서, 아버지도 세상으로부터 그리고 나로부터 상처 받았겠구나 하는 것을 알게 되는 마지막 장면은 퍽 인상적이며 감동적이에요.

"아버지!" 하고 부르며 달려가는 바우의 발걸음에 이제 가출이라는 생각은 멀리 차여 날아가 버린 듯하네요.

집안이 나쁘다고 탓하지 말라.

나는 아홉 살 때 아버지를 잃고 마을에서 쫓겨났다.

가난하다고 말하지 말라.

나는 들쥐를 잡아먹으며 연명했고

목숨을 건 전쟁이 내 직업이고 내 일이었다.

작은 나라에서 태어났다고 말하지 말라.

그림자 말고는 친구도 없고, 병사로만 십만,

백성은 어린애, 노인까지 합쳐 이백만도 되지 않았다.

배운 게 없다고 힘이 없다고 탓하지 말라.

나는 내 이름도 쓸 줄 몰랐으나,

남의 말에 귀 기울이면서 현명해지는 법을 배웠다.

너무 막막하다고, 그래서 포기해야겠다고 말하지 말라.

나는 목에 칼을 쓰고도 탈출했고,

뺨에 화살을 맞고 죽었다 살아나기도 했다.

적은 밖에 있는 것이 아니라 내 안에 있었다.

나를 극복하는 그 순간,

나는 칭기즈 칸이 되었다.

— 칭기즈 칸

왜 매미가 요란스레 운다고 했나요?

바우는 동구 밖 아랫마을로 가는 길가 축동, 버드나무 그늘 밑을 고개를 숙여 생각에 잠기며 걷는다. 아침부터 요란스레 매미는 울고, 그리고 속상하게 눈에 보이는 것은 여기저기 풀 위로 너훌거리는 나비다.

아침부터 울어 대는 매미 소리가 바우에게는 어떻게 들렸을까요? 바우는 아버지의 꾸지람 때문에 속이 상해 집을 나섰다가 매미 울음소리를 듣게 돼요. 축축 늘어진 버드나무와 고개를 숙이고 걸어가는 바우의 모습이 비슷하지 않나요? 게다가 매미가 '울고' 있어요. 마치 바우의 속상한 마음을 알고 있기라도 한 듯이…….

작가는 바우의 속마음을 매미 울음소리에 빗대어 표현한 것이 아닐까요? 그렇다면 매미 울음소리는 가출하고 싶을 만큼 속이 상한 바우의 마음을 간접적으로 전달해 주는 구실을 하는 것이겠죠. 그래서 바우에게는 매미 소리가 '요란스레 울어 대는' 것처럼 들리는 거예요.

이처럼 시나 소설에서는 사람의 생각이나 감정을 다른 사물에 빗대어 표현하기도 한답니다. 사람의 속마음은 알아차리기가 어려운데, 그것을 누구나 볼 수 있고 들을 수 있는 것으로 표현하면 독자들이 쉽게 이해할 수 있기 때문입니다.

바우와 바우 아버지의 마음은 어떻게 바뀌었나요?

소설에서는 사건이 얽히고 갈등이 점점 커지다가 결국에는 해결되는 과정이 재미를 더해 줍니다. 작가는 글을 쓰기 전에 탄탄하게 이야기의 집을 지어요. 출발에서부터 도착까지를 미리 계산해 둔 여행처럼 전체 구조를 생각하며 이야기를 풀어 나간다는 말이죠. 이때 중요한 이야기의 흐름은 갈등을 따라간답니다.

이 작품에서 바우와 바우 아버지는 어떤 갈등을 겪는지, 또 갈등이 어떤 과정을 거치며 커지고 풀리는지 살펴볼까요?

갈등이 일어남

경환이와 다툼 바우 때문에 약이 오른 경환이가 나비를 잡는다는 핑계로 바우네 참외밭을 짓밟는다. 동네 어른이 말려서 주먹다짐은 피했지만, 여전히 갈등의 불씨는 남아 있다.

바우에게 화남 아버지는 참외밭을 지키지 못한 바우에게 화를 내지만, 그럴 수밖에 없는 자신의 처지에도 화가 난다.

갈등이 커짐

부모님께 혼남 바우 부모님이 경환이네에 불려 가 혼이 난다. 그리고 바우 아버지는 바우를 혼내고 나비를 잡아다 주라고 다그친다. 이 때문에 바우는 경환이를 못마땅하게 여기는 마음에, 자기를 감싸 주지 않는 부모님에 대한 원망까지 더해진다.

마름에게 혼남 아버지 마음속에 생긴 불씨는 경환이 아버지에게 불려 갔다 온 다음 걷잡을 수 없는 분노로 바뀐다. 잘못하면 소작을 떼일 처지에 놓이게 되었기 때문이다. 아이들의 사소한 다툼이 갈등의 불씨가 되어 아버지한테까지 번지게 된 것이다.

갈등이 번짐

혼자 고민하고 방황함 나비를 잡아다 주고 빌면 문제가 해결되겠지만, 바우는 그렇게 하고 싶지 않다. 그렇다고 버틸 수만도 없다. 바우의 갈등은 불꽃처럼 거세게 타올라 고학이라도 해 봐야겠다는 생각에 이르게 된다.

혼자서 고민함 소설에 나오지는 않지만, 아버지는 혼자서 고민을 했을 것이다. 바우가 나비를 잡아다 주고 경환이에게 빌 녀석이 아니라는 것을 알지만, 그렇다고 손 놓고 앉아서 소작을 떼일 수는 없기 때문이다.

갈등이 풀림

마음이 풀림 메밀밭에서 나비를 잡고 있는 아버지를 본 순간, 경환이나 아버지와의 갈등이 모두 사라지게 된다.

나비를 잡음 아버지는 바우를 위해서 불편한 몸을 이끌고 나비를 잡는다.

소설에서 갈등은 사건을 이끌어 나가는 중요한 역할을 해요. 작가는 바우와 경환이의 갈등은 물론이고 바우와 아버지의 갈등을 통해 우리에게 많은 이야기를 건넵니다.

소설 읽기는 단순히 이야기만 읽는 것이 아니라, 그 뒤에 숨은 등장인물들의 마음과 생각의 변화까지 읽어 내는 일이에요. 결국 그것이 작가가 하고 싶은 이야기가 무엇인지 깨닫는 과정인 것이죠.

이제 바우와 바우 아버지의 마음 변화가 어떤 의미인지 알아볼까요? 그 의미가 무엇인지 알게 되었나요?

바우는 왜 아버지를 부르며 달려갔나요?

"아버지!"
"아버지!"
"아버지!"

소설의 마지막 장면에서 바우는 자기 대신 나비를 잡고 있는 아버지를 보는 순간 "아버지." 하고 외치며 언덕 모래 비탈을 지르르 미끄러져 내려가요. 그리고 그렇게 미끄러지는 속도만큼이나 빠르게 어두운 마음에서 벗어나게 됩니다. 아버지의 사랑을 깨닫게 된 것이죠.

하지만 그 전까지만 해도 바우의 마음은 미움으로 가득 차 있었어요. 경환이와 다투고 마음이 상해서 돌아왔는데, 부모님은 오히려 바우만 탓했으니까요. 게다가 아버지는 나비를 잡아서 경환이에게 가져다주고 사과를 하라며 바우의 자존심을 뭉개뜨리고, 바우가 아끼던 그림책까지 찢어서 불태워 버립니다. 화가 난 바우는 급기야 집을 나가게 되죠. 그러던 바우가 나비를 잡고 있는 아버지를 보았다고 순식간에 미움을 버리고 사랑을 느끼게 되는 것이 가능할까요?

여러분이 바우라면, 나비를 잡고 있는 아버지를 보고 어떻게 행동했을 것 같나요? 바우처럼 "아버지." 하고 외치며 달려갔을 수도 있고,

여전히 아버지가 못마땅하고 부끄러워서 못 본 척 외면하고 지나칠 수도 있을 겁니다. 그런데 바우는 왜 그렇게 했을까요? 바우의 마음이 왜 갑자기 바뀌었을까요? 바우에게 어떤 일이 일어났던 걸까요?

어떤 여학생이 있었어요. 엄마가 돌아가시고 아빠와 단둘이 살면서 많이 겉돌았대요. 물론 말썽도 많이 피웠죠. 그러던 어느 날 밤, 소녀가 잠자리에 누워 있는데 아빠가 집에 들어오는 소리가 들렸어요. 이내 소녀의 방문을 살며시 여는 소리가 났고, 소녀는 귀찮은 마음에 그냥 눈을 감고 자는 척했대요. 아빠는 잠자는 소녀를 물끄러미 쳐다보더니 이불을 끌어다 제대로 덮어 주고는 다시 나갔어요. 그때 소녀는 아빠가 자기를 얼마나 사랑하는지 '문득' 깨달았답니다. 이불을 뒤집어쓰고 펑펑 울었는데, 그 다음부터 말썽을 많이 줄였대요.

아빠가 딸의 이불을 고쳐 덮어 준 것은 그때가 처음이 아니었을 거예요. 다만 그 전까지는 소녀가 마음을 열지 않아서 그것을 아빠의 사랑이라고 느끼지 못했을 뿐이죠. 다시 말해서, 소녀가 바뀌게 된 것은 아빠의 손길 때문이라기보다 소녀 스스로 '이제는 바뀌고 싶다'는 열망을 가졌기 때문이에요. 소녀의 열망과 아빠의 손길이 때마침 잘 맞아떨어진 셈이죠.

아버지~

집을 나온 바우는 여기저기를 기웃거려요. 동구 밖 아랫마을로 가는 길을 거쳐서 산으로 올라가죠. 그러는 동안 이러저러한 생각을 했을 겁니다. 처음에는 아버지에게 화가 나고 서운한 마음이 들어 집을 나섰지만, 소작을 떼여서 농사를 짓지 못하게 될 일이며 집안 살림을 생각했겠죠. 그러느라 축축 늘어진 버드나무처럼 고개를 숙이고 걸었을 거예요.

그러면서 속상하고 서운한 마음이 차츰 줄어들고, 아버지에게 미안한 마음이 조금씩 생겨났을 겁니다. 그렇게 마음이 조금씩 열리고 있던 순간, '문득' 아버지가 나비를 잡고 있는 모습을 본 거죠. 그것이 계기가 되어 바우는 어두운 마음에서 '확' 벗어나서 아버지를 향해 뛰어가게 됩니다. 그저 나비를 잡고 있는 아버지를 보는 것만으로 바우의 마음이 바뀌게 된 것은 아니라는 말이에요.

넓게 읽기

작품 밖 세상 들여다보기

시대

작가

작품

독자

작가 이야기
현덕의 생애와 작품 연보, 작가 더 알아보기

시대 이야기
1935~1940년

엮어 읽기
성장, 가족, 그리고 사회

다시 읽기
'곤충 채집'에서 '관찰 일기'로

독자 이야기
바우와 경환이의 싸움, 누구의 책임이 더 클까?

작가 이야기

현덕의 생애와 작품 연보

1909(2월 15일) 서울 삼청동에서 3남 2녀 가운데 둘째 아들로 태어남. 본명은 현경윤임.

1923(15세) 경기도 안산에 있는 대부공립보통학교(지금의 대부초등학교)에 입학함.

1924(16세) 보통학교를 중퇴하고, 서울에 있는 중동학교(지금의 중동고등학교)를 1년 동안 다님.

1925(17세) 경성제일고등보통학교(지금의 경기고등학교)에 입학함.

1926(18세) 집안 형편이 좋지 않아 학교를 중퇴하고 나서 한동안 방황하다가 도서관에 다니기 시작함.

1919(19세) 막노동을 하면서 떠돌아다니던 중에 쓴 동화 〈달에서 떨어진 토끼〉가 《조선일보》 신춘문예 동화 부분에 일등으로 당선됨.

1932(24세) 《동아일보》 신춘문예 동화 부문에 〈고무신〉이 가작으로 입선되었고, 《신생》에 시 〈봄〉을 '독자문단'에 투고함.
소설가 김유정과 교류함.

1938(30세) 《조선일보》 신춘문예에 〈남생이〉가 일등으로 당선되며 정식으로 등단함.
〈경칩〉, 〈두꺼비가 먹은 돈〉 등을 이어서 선보이고, 《소년조선일보》와 어린이 잡지 《소년》에 꾸준히 작품을 발표함.

1939(31세) 단편 〈골목〉, 〈잣을 까는 집〉, 〈녹성좌〉와 소년소설 〈군밤 장수〉, 〈집을 나간 소년〉, 〈잃었던 우정〉, 그리고 꽁트 〈이놈이 막내올시다〉 등을 발표함.

1940(32세) 《매일신보》에 〈군맹〉을 발표함.

1946(38세) '조선문학가동맹' 서울시지부 소설부 책임자를 맡음.
동화집 《포도와 구슬》과 소년소설집 《집을 나간 소년》을 출간함.

1947(39세) 소설집 《남생이》, 동화집 《토끼 삼형제》를 출간함.

1949(41세) 장편 소년소설 《광명을 찾아서》를 출간함.
사회주의 리얼리즘 문학의 걸작으로 꼽히는 〈고요한 돈〉을 공동 번역함.

1951(43세) 1·4 후퇴 당시 어머니와 아내, 두 딸을 데리고 월북함.
종군 작가단으로 활동하며 〈하늘의 성벽〉, 〈복수〉, 〈첫 전투에서〉 등을 발표함.

1953(45세) 휴전 후 남로당 계열 작가들이 숙청되던 시기에 그의 작품도 신랄한 비판을 받았지만, 가까스로 숙청을 면함.

1960(52세) 단편 〈수확의 날〉을 발표함.
이후 행적에 대해서는 알려지지 않음.

작가 더 알아보기

가난한 명문가 소년의 불우한 성장

무관이었던 현덕의 할아버지는 종2품까지 벼슬을 지냈고, 당숙인 현동완은 기독교청년회와 조선물산장려회 등의 간부를 맡았으며, 국가 독립 유공자 공훈록에도 이름이 오를 정도로 저명한 인사였습니다. 하지만 소년 현덕의 어린 시절은 가난했습니다. 그의 아버지가 사업을 하면서 가산을 모두 탕진해 버렸기 때문이지요. 집안 형편 때문에 현덕은 주로 당숙 집과 할아버지 집을 떠돌며 자랐습니다.

세상과 문학을 만난 유일한 통로, 도서관

현덕은 몸이 허약하고 조용한 성격에, 성적은 뛰어난 학생이었습니다. 하지만 경제적인 문제 때문에 여러 학교에 입학과 중퇴를 반복하였지요. 학적부의 성적란이 비어 있을 정도로 결석 일수가 많아 낙제생이 되기도 했습니다. 학교를 그만둔 뒤 어디에도 마음을 붙이지 못하고 방황하던 현덕은 도서관에 다니기 시작하며 문학을 만납니다. 도서관은 그가 세상과 소통하는 유일한 통로 구실을 하였으며, 문학에 대한 열망을 키우고 스스로 문학 수업을 했던 중요한 공간이었습니다.

김유정과의 깊은 우정

막일을 하며 문학을 꿈꾸던 현덕은 비슷한 처지에 있는 소설가 김유정과 만납니다. 둘은 문학적으로 깊은 교감을 나누었으며, 서로 영향을 주고받았습니다. 그래서 삶에 대한 태도가 긍정적이며 민중의 삶에 관심을 둔 점, 미학적 정서와 해학 같은 것들이 김유정의 문학과 많이 닮아 있습니다. 1937년에 김유정이 죽었을 때, 가장 슬퍼한 사람이 현덕이었다고 합니다.

진보적인 문학 운동과 월북

현덕은 일제 강점기 말 당시, 참담하고 가난한 농민과 노동자의 현실을 생생히 담아 사회의 모순을 알리는 진보적인 작품들을 선보였습니다. 임화, 오장환 등의 문인과 교류하면서 '조선문학가동맹'이라는 좌익 계열의 문학 단체에도 가담했지요. 그러나 1948년에 남한에 단독 정부가 수립되면서 조선문학가동맹이 더는 합법적으로 존속할 수 없게 되자, 현덕은 몸을 숨깁니다. 현덕이 피신한 곳은 《어린이나라》를 발행한 '동지사아동원'이라는 곳이었어요. 이때 동지사아동원에서는 현덕의 원고를 넘겨받아 《광명을 찾아서》라는 장편소설을 펴내었답니다. 이후 현덕은 한국전쟁이 일어난 뒤 가족들과 함께 월북합니다.

북한에서의 활동

휴전 후 북한에서 남로당 계열 작가들이 숙청되던 시기에, 현덕의 작품도 신랄한 비판을 받았습니다. 하지만 정치 활동에 깊이 관여하지 않았기 때문에 숙청은 가까스로 면한 것으로 보입니다.
1950년대 중반 이후의 활동은 거의 찾아볼 수 없으며, 1960년을 전후하여 다시 창작 활동을 한 것 외의 행적이나 사망일 등은 알려지지 않았습니다.

현덕이 회고하는 '나의 삶, 나의 길'

출생은 삼청동, 지금의 세균검사소 뒤 별장에서 하였다는데, 거기에 대한 기억이라고는 어느 때 푸른 잔디 위에서 저물어 가는 하늘을 바라보며 오래오래 울던 것이 머리에 남았을 뿐이다. 아버지가 황하마루, 지금의 광화문 근처로 신접살이를 나왔을 때는 이미 가세가 기울어진 때여서, 그때부터 사글세 집으로 형편이 불성모양(몹시 가난하여 살림이나 옷 따위가 말이 아님)이었다.

어버이 두 분 사이는 서로 성품이 어느 모로 비슷한 분들이어서, 같은 그것이 도리어 조화를 이루지 못했음인지, 사이가 불화해서 늘 공기가 따뜻치 못했다. 더욱이 부친 그분의 성격이란 폐가한 호화자제(호화로운 집에서 자란 젊은이)의 전형이어서, 사대주의요 투기적이요, 또 극히 호인이며 낙천가이어서 자기는 매사에 실패를 거듭하면서도 사업 사업 하고 사업을 꿈꾸며 경향(서울과 시골을 아울러 이르는 말)으로 돌고 가사엔 불고(돌보지 아니함)하였다. 그사이 집안 살림은 오로지 모친 한 분의 손으로 유지해 가던 것으로, 그 모양은 비참한 것이어서, 이리저리 집을 옮긴 수가 이십여 회, 살림을 고만두고 식구가 각자도생(제각기 살아 나갈 방법을 꾀함)으로 헤어지길 수삼, 그럴 때마다 나는 조부의 집으로 당숙의 집으로 돌며 몸을 붙였다.

그중 당숙의 집인 인천 근해의 대부도에서 …… 보통학교를 수업하고, 상경해 중동학교 속성과 1년을 거쳐 제일고보에 입학하였으나, 그해에 고만두고 그때부터 생활이 병적이어서 염인증(사람을 싫어하는 습성이

나 태도)으로 거리를 나가기 두려워하여, 낮이면 방구석에 이불을 쓰고 누웠다가 밤이 어두우면 일어나 컴컴 골목 뒷길을 걸어 보고 하였다. 그때 행색이 아마 심상치 않았던가 싶어 거리를 나가면, 순사나 그런 사람에게 불심 신문을 받기 일쑤였다. 그 같은 칩거벽으로 도서관엘 다니기 시작한 것은 좋은 일이어서 아침 일찍이 가서 밤이 들어 거리가 어두워질 때까지 들어앉아 있었다. 아마 무슨 얻음이 있었다면 이때가 전부일 것이다.

그 후 뜻한 바 있어, 지금까지의 창백한 병적인 생활을 근저로 뒤엎어 어머니에겐 시골로 학원 선생으로 간다고 속이고, 수원 발안 근방의 매립 공사장에서 토공 생활을 하기도 하고, 이어 현해탄을 건너가 교토, 오사카 등지로 돌며 신문 배달, 자유 노동, 페인트공 같은 것을 하며 최하층의 생활을 하였다. …… 마침내는 도저히 그대로 지탱해 갈 수 없는 몸임을 깨달으며 동시 그 쓰일 수 없는 몸으로 할 수 있는 최후의 한 가지 일로 지금까지 추향(마음에 쏠리어 따라감)과 같이 동경해 오던 문학의 길을 밟아 보겠다는 생각으로 귀경하였다.

그리고 지기인 고 김유정 형을 얻어 더욱 뜻을 굳게 하고 그 길을 밟던 중 금년 《조선일보》 신춘문예에 당선이 되어, 적은 대로 그 길에 자신 같은 것을 가져 보며 현재에 이르렀다.

-《신인 단편 걸작집》, 〈자서소전(自敍小傳)〉, 조선일보사, 1938.

시대 이야기 # 1935~1940년

노동해도 살 수 없는 소작인

김제군 죽산면 죽산리에 사는 김금동 씨는 지난 29일 새벽 4시쯤에 자다가 일어나서 밖으로 나갔다. 그의 아내가 잠결에 부엌에서 이상한 소리가 나는 것을 듣고 놀라서 나가 보니 남편이 목을 매어 죽으려 하고 있었다. 이에 아내가 달려들어 목에 매인 것을 풀고 방으로 데리고 들어와서 백방으로 위로하였다. 그러나 남편은 "농사를 지었으나 소작료는 고사하고 비료 값도 나오지 않으니 농사짓느라고 진 빚은 무엇으로 갚을까." 하고 탄식만 하였다고 한다. 그러고는 자지도 않고 있다가 한두 시간 후에 변소에 가겠다고 나갔는데 또 돌아오지 않았다. 아내는 놀라서 사방으로 찾아보았으나 그날 오후 4시까지 종적이 묘연하였다. 그의 가족과 동네 사람들은 다시 자살이나 하지 아니하였나 하여 숲 속, 물가, 기타 갈 만한 곳을 다 찾아보았으나 결국 찾을 수 없었다.

김금동 씨는 김제 읍내에 있는 한 농장의 소유답 열다섯 마지기를 소작하는데 금년에 일어난 모든 재해는 하나도 빼지 않고 당하여 벼농사가 엉망이 되었다. 그럼에도 불구하고 소작료는 겨우 300근밖에 감하지 않아 소작료와 비료 값을 갚을 도리가 없다고 평소에도 늘 걱정하였다고 한다.

괄목할 빙상계

지난해 빙상계(스피드 스케이팅)는 각 부문을 통하여 가장 통쾌한 수확을 거두었다. 전일본학생대회에서 최용진, 김정연 군이 모두 신기록을 세웠고, 2월에 열린 전일본대회에서도 김정연, 이성덕, 최용진이 각각 1, 2, 3위를 차지하여 조선의 빙상이 동양을 제패하게 되었다. 독일에서 열리는 제4회 동계세계올림픽 예선이 올해 열리는데, 작년 성적으로 미루어 보아 역시 조선 선수가 우승할 것이 유력하다.

역사신문 1900년 ○월 ○일

최초의 발성영화 〈춘향전〉 개봉

1935년 10월 4일 단성사에서 한국 최초의 발성영화 〈춘향전〉이 개봉했다. 클라이맥스가 분명하지 않고 내용 연결이 엉성하긴 하지만 다듬이 소리, 대문 여닫는 소리가 들리는 신기함만으로도 관객이 몰렸다. 입장료는 1원으로 비쌌지만 날마다 장사진을 이루고 있다.

모던하지 않은 모던걸

첨단을 좋아하고 모던을 즐기는 취미에서인지는 몰라도 요즘 거리에서 테두리 없는 구두를 흔히 보게 된다. 하지만 그것이 사람으로 하여금 그다지 아름다운 생각을 갖게 하는 것은 아니리라. 테두리가 없고 밑바닥만 있는 구두란 우선 발에 걸치지 않아서 못 신을 듯하다. 그러나 서울의 젊은 아가씨들은 무슨 마네킹같이 이런 괴팍스러운 신발을 용케도 신고서 거리를 다닌다. 이런 신발이 여름만 되면 약속이나 한 듯이 부쩍 쏟아져 나온다. 게다가 양말도 신지 않는다. 맨발이다. 종아리를 훤히 내놓고 그냥 맨발에다가 밑바닥만 있는 신발을 가느다란 가죽이나 헝겊으로 테두리를 삼아 아무렇게나 신고는 활개를 치고 거리를 다닌다. 이것은 아마도 아메리카에서 이것저것 유행의 사치품이 밀려들어 올 때 얼떨결에 그 속에 함께 들어온 산달(샌들)일 것이다. 그러나 이런 산달은 본시 알고 보면 해변에서 옷을 벗고 물속에 들락날락하며 놀 때나 또는 집 안에서만 신는 것이다. 이런 것을 거리로 신고 다니는 것은 알고 보면 부끄러운 일인데, 게다가 또 없는 애교와 모양을 있는 듯 보이려고 발톱마다 빨강 물감을 들이고 그것을 무슨 자랑거리나 되는 듯이 드러내 놓고 다니는 것을 보면 그야말로 눈꼴이 틀려서 봐 줄 수가 없다. 거리의 미풍보다도 우선 모던걸들은 모던이란 글자의 체면을 위해서도 좀 이런 유행은 없애 주었으면 고맙겠다.

시대 이야기 # 1935~1940년

전조선 학생미술전람회

제1회 전조선 학생미술전람회는 신청을 앞두고 벌써부터 남녀 학생들에게 큰 충동을 일으키고 있다. 이 전람회에 출품할 수 있는 종목은 중등부에는 동양화과, 서양화과, 공예과와 초등부에는 자유화과, 수공과이다. 이번 전람회는 미술에 자신이 있는 이는 자기의 실력을 평가해 볼 좋은 기회가 될 것이다. 조선 각지에 숨어서 이름 없이 자라는 어린 남녀 예술가의 작품이 한자리에 모여 명예 있는 글자 그대로의 예술 전당을 이룰 수 있기를 바란다.

백백교, 300여 신도 살해 후 암매장

백백교(百百敎)라는 사이비 종교 집단이 신도들의 재산을 갈취하고 부녀자들을 능욕했을 뿐 아니라 이탈자 수백 명을 살해하여 암매장한 충격적인 사건이 드러나 세상을 깜짝 놀라게 하고 있다.
경찰 조사에 의하면, 백백교의 실권자인 전용해(42세)는 머지않아 백백교의 세상이 되면 마음껏 벼슬도 할 수 있고 부자로도 살 수 있다는 감언이설로 무지한 농민들을 유인하여 재산을 바치게 하고 심지어 부녀자까지 능욕해 왔다. 또 전용해는 이탈하는 신도들이 늘어나자 이들 314명을 유인해 살해, 암매장한 것으로 밝혀졌다.

생활난에 쫓겨 만주로 날마다 이민 열차

농촌에 빈집이 점점 늘어 가고 있다. 살길이 막막한 농민들이 정든 고향을 등지고 무리를 지어 만주로 떠나고 있기 때문이다. 2월 15일 오전 7시 부산을 떠나 서울에 도착한 열차에는 경남 밀양에서 만주로 떠난다는 40여 명의 사람들이 타고 있었고, 밤 11시에는 전북 장수에서 함북에 있는 계림 탄광으로 일하러 간다는 남녀와 어린이들이 탔다. 한 역무원은 요즘 경의선과 경함선이 삼남 지방에서 올라온 이주민들로 날마다 복잡하다며 이들이 떠나면 농사는 누가 짓겠느냐고 한숨을 쉬었다.

역사신문 1900년 ○월 ○일

안 팔릴 듯 팔리는 축음기 소리판

음악의 시즌을 맞이한 금년 가을의 경성은 시국의 반영인지 해마다 곳곳에서 열리던 연주회나 독창회가 드물다. 반면에 각 가정에서는 레코드로써 작은 음악회를 갖는 경우가 상당히 많은 모양이다. 모 레코드 회사의 지점을 찾으니 대도시만큼이나 많이 팔린다고 한다. 주인은 사변(상하이 사변, 중일전쟁 때인 1937년에 일본군이 상하이에 진격하여 도시 전체를 점령한 사건) 개시 직후에는 아주 안 팔리다시피 사 가는 이가 없더니, 음악을 즐겨 하는 마음은 생활이 긴장되면 될수록 강해지는 것인지 요즈음은 사변 전이나 다름없이 팔린다고 했다. 그중에도 군가 같은 것이 많이 팔리고, 일본 것으로는 유행가, 양악으로는 가벼운 통속곡 같은 것을 좋아하는 경향이 있다고 한다.

남학생 교복 국방색으로 통일

일제는 1940년 9월 10일 남학생들의 복장을 통일시켰다. 교복의 색깔은 국방색으로 하고, 모자는 전투모로 하여 군사 집단처럼 만들어 버렸다. 이는 일제가 1937년 〈황국 신민 서사〉를 만들어 학생들의 민족정신을 말살시키고 황국 신민으로 교육시켜 온 연장선에서 이루어진 것이다. 그 궁극적인 목적은 우리나라 학생들을 전쟁터에 내보내기 위한 것, 즉 전쟁터에서 일본 청년 대신 총알받이가 되게 하려는 속셈인 것이다.

엮어 읽기

성장, 가족, 그리고 사회

성장 소설

사람의 몸과 마음은 일정하게 자라 어른이 되는 게 아니에요. 청소년기의 어느 순간에 급격한 변화를 겪게 되죠. '사춘기'가 바로 그런 시기예요. 신체적으로 남성 혹은 여성으로서 뚜렷한 특징이 나타나고 생각도 그만큼 자랍니다. 이런 과정을 다룬 소설을 '성장 소설'이라고 해요.

아이에서 어른이 되는 과정이 행복한 것만은 아니에요. '나는 누구인가?'라는 생각을 진지하게 하기도 하고, 내가 아닌 가족과 다른 사람과의 관계를 고민하기도 합니다. 점점 더 생각의 폭이 넓고 깊어지게 되는 거죠. 모든 사람은 그렇게 어른이 됩니다.

〈나비를 잡는 아버지〉도 성장 소설이에요. 자기 생각만 하던 바우가 자기를 위해 나비를 잡는 아버지의 모습을 보고 아버지의 사랑을 깨닫게 되니까요. 다른 사람의 생각과 감정을 읽고 공감할 줄 알게 되는 과정을 통해 어른이 되어 가는 겁니다.

성장 소설에는 나 혼자가 아니라 더불어 살아가야 한다는 사실, 나를 둘러싼 세상을 바라볼 수 있는 눈을 키우는 과정이 잘 나타나 있어요.

섬에 사는 훈필이가 가출하게 되는 원인과 과정을 잘 묘사한 박

상률의 〈봄바람〉, 한쪽 눈이 먼 엄마를 둔 백여민이 부모가 없는 꼬마를 이해하는 과정을 그린 위기철의 〈아홉 살 인생〉 같은 소설을 읽어 보세요.

더 읽을거리

가족 소설

'나'라는 존재는 어디에서 시작되었나요? 가족은 삶의 울타리가 되어 성인이 될 때까지 나를 보호해 줍니다. 할아버지와 할머니, 아버지와 어머니, 형제자매와의 관계가 인간관계의 시작이에요. 사람은 누구나 가족 안에서 성장하고 세상을 배우기 시작해요. 그러나 때로는 사랑하는 가족으로부터 가장 큰 상처를 받기도 하지요. 관심과 애정이 갈등과 고통으로 바뀌기도 하고요. 하지만 죽기 전에는 변하지 않는 관계가 가족이에요.

〈나비를 잡는 아버지〉도 바우와 아버지의 관계가 중심에 놓여 있어요. 사실 바우와 경환이가 다투면서 이야기가 시작되지만, 결국 '아버지'라는 존재에 대해 다시 생각하게 되지요. 말로 표현하지 않아도 바우의 마음을 이해하고 자존심을 지켜 주기 위해 직접 나비를 잡는 모습이야말로 가장 큰 사랑이 아닐까?

 가족에 대한 상처를 가진 세 아이의 이야기를 그린 이금이의 〈너도 하늘말나리야〉를 통해 가족의 소중함을 다시 생각해 보세요. 그리고 있지도 않는 '약방 할매'에게 마실 가는 어머니의 마음을 성인이 된 후에 알게 된 성석제의 〈약방 할매〉, 어머니와 누이를 통해 가족의 의미를 깨닫게 되는 황순원의 〈별〉 등을 읽어 보세요.

더 읽을거리

사회 소설

모든 문학 작품은 현실을 떠나 생각하기 어려워요. 작가도 그 시대를 살아가는 사회 구성원이니까요. 그러니 작가의 생각과 감정이 소설에 반영될 수밖에 없지요. 소설 속 주인공이 살았던 시대와 현실을 잘 표현한 사회 소설을 읽어 보면, 타임머신을 타고 시간 여행을 하는 것 같은 경험을 할 수 있어요. 내가 살아 보지 않았던 시대를 살펴보고 간접 경험을 통해 새로운 세계를 알게 되는 것이 문학 작품을 읽는 즐거움이기도 합니다.

우리는 〈나비를 잡는 아버지〉를 통해 일제 강점기 농촌과 도시의 풍경을 이해하고, 마름과 소작인의 관계와 같은 살아 있는 역사를 알게 됩니다. 당시의 유행가, 학교 제도, 소작 제도 같은 사회 현실을 담고 있으니까요.

현덕과 친분이 두터웠던 김유정의 〈동백꽃〉과 〈만무방〉을 통해 일제 강점기 농촌 현실과 한국전쟁 당시의 상황을 짐작해 보세요. 그리고 일제 강점기를 살았던 한 가정의 이야기를 다룬 이미륵의 자전적 소설 〈압록강은 흐른다〉 등을 읽어 보세요.

더 읽을거리

다시 읽기
'곤충 채집'에서 '관찰 일기'로

일제 강점기에 근대식 학교가 생기면서 과학이나 가사, 기술 같은 과목을 학교에서 배우게 됩니다. 그리고 학기 제도가 도입되어, '학기'와 '방학'이 나뉘게 되지요. 그렇게 생겨난 방학 기간에 학생들에게 내준 숙제를 모아 놓은 《하계 학업》이라는 책에, 곤충 채집 활동이 숙제로 소개되어 있어요. 이 시기 송도고등보통학교에서 과학 교사를 했던 석주명 박사의 일화를 보면 학생들에게 곤충 채집 숙제를 냈다고 하는 내용이 있으니, 일제 강점기에 곤충 채집이 방학 숙제로 들어간 것이라고 보면 되겠네요.

　문명사회에서는 '자연'과 '인간'을 서로 맞서 있는 것으로 바라봐요. 인간은 자연을 관리하고 조정하고 통제할 수 있으며, 자연의 맨 꼭대기에 인간이 서 있다고 생각하는 것이죠. 곤충을 수집하는 것뿐만 아니라, 야생동물을 사냥해서 박제로 전시하는 것들이 다 그런 생각에서 비롯된 것이라 할 수 있어요.

　'자연을 박제화하는 것'이 문명사회의 특징이라는 점은 헤르만 헤세의 단편인 〈나비〉에도 잘 나타나 있어요. 주인공 '나'는 영국의 식민지였던 시절의 인도로 여행을 갑니다. 거기서 나비 수집을 하기 위해 호텔 주변을 돌아다니지만 나비는 좀처럼 잡히지 않지요. 그런데 그런 '나'에게 느닷없이 나타난 인도인은, '나'가 그토록 잡으려고 했던 나비를 종류마다 다 가지고 있어요. 그리고 '나'에게 몇 푼의

돈만 내면 그 나비들을 준다고 하지요. '나'는 그런 유혹이 너무도 싫어서 며칠을 도망 다니며 뿌리치려고 하지만 결국 돈을 주고 나비를 사고 말아요.

인도 사람들은 서양 사람들이 와서 나비를 잡으러 다니기 전에는 나비를 잡기는 했어도 그걸 잡아다 돈벌이를 하거나 전시를 할 생각은 하지 않았을 겁니다. 그냥 그것은 그들 생활 속 일부였으니 굳이 전시를 할 필요가 없었겠지요. 지금 우리가 주변의 파리를 잡아다 전시를 할 필요를 못 느끼는 것처럼 말이에요. 하지만 자연 속의 일부를 떼어내어 전시하고 박제하면서 자연 속의 것들은 더 이상 자연이 아니라 사고팔 수 있는 물건이 되어 버리죠. 산과 들에서 날아다니던 나비를 잡아다 박제 표본으로 만들면 그때부터 나비는 나비가 아니라 일종의 물건, 즉 장식품이 되어 사고팔리는 처지가 되고 말지요.

이렇게 본다면 〈나비를 잡는 아버지〉에서, 나비를 자연의 일부로 그저 바라보고 즐기려는 바우와 나비를 자신의 것으로 삼아 표본으로 만들려 했던 경환이의 싸움이 예사롭지 않게 보일 수도 있겠네요.

바우와 경환이가 갈등을 일으켰던 까닭이 되었던 '곤충 채집' 숙제는 이제 없어졌답니다. 도시가 늘면서 곤충을 보기 어렵게 되었을 뿐만 아니라, 생명 존중이나 생태계 보호라는 이유로 곤충을 함부로 잡으면 안 된다고 생각하는 사람이 많아진 까닭이지요. 그 대신 '식물 성장 관찰 일기'처럼 자연을 있는 그대로 바라보면서 관찰하고 기록하는 형태의 숙제로 바뀌었지요.

곤충과 식물 표본 만들기

방학 동안은 곤충이나 식물 채집을 하기에 알맞다. 곤충과 식물을 모아 표본을 만들어 보자.

여름철에는 여러 가지 식물이나 곤충이 눈에 띈다.

곤충은 포충망(곤충을 잡는 망)이나 집게로 잡는데, 잡은 곤충이 썩지 않도록 포르말린을 조금씩 주사한다. 그리고 말리는 것은 응달에서 말리며, 다 마른 것은 상자에다 넣어 그림처럼 핀이나 테이프로 고정한다.

핀을 찌르는 방법과 위치는 그림과 같고, 잠자리는 머리와 몸이 떨어지기 쉬우므로 바늘 같은 긴 핀이나 대꽂이를 머리에서 몸까지 찔러 놓는다.

곤충을 나란히 서로 어울리도록 보기 좋게 배열하여 좀이 먹지 않게 좀약을 넣어 둔다. 좀약이 굴러다니면 곤충 표본이 상하므로 한 귀퉁이에다 봉지에 넣는다. 그리고 곤충의 이름표를 붙인다.

곤충 표본 상자는 습기가 배지 않는 나무가 좋은데, 습기를 받지 않기로는 오동나무가 제일이다.

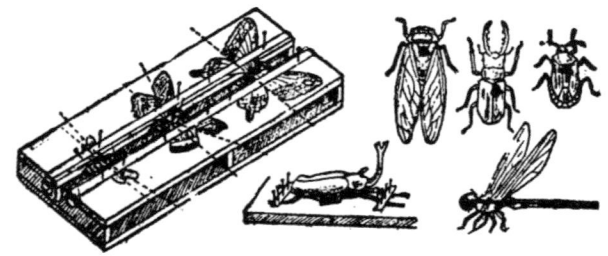

식물은 우리 집 둘레나 동네의 들과 뒷산, 그리고 바닷가나 도시에도 있다.

도시에는 외국에서 들여온 식물이 많지만, 식물 채집에 있어서는 먼저

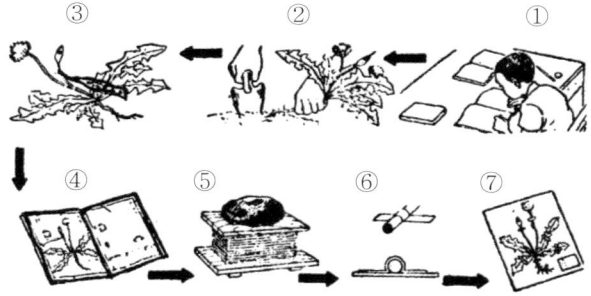

우리 고장에서 나는 식물을 모아 우리 고장에서 자라는 식물 표본을 외국의 친구들에게 보내서 서로 바꾸는 것이 좋다.

큰 나무는 뿌리째 뽑을 수 없으니까 잔가지를 모으고, 작은 풀은 뿌리, 줄기, 잎, 꽃, 열매까지도 송두리째 모아 두는 것이 공부가 된다. 무엇보다 식물 채집에 있어 주의할 점은 그림 ①처럼 먼저 식물 채집의 계획을 세워 보는 것이다. 그리고 식물을 손으로 쥐어뜯으면 완전한 것이 못 되므로 꽃삽이나 대칼 따위로 식물이 조금도 상하지 않게 몽땅 파내야 한다. 그림 ②를 보라.

다음은 그 식물을 채집한 장소와 식물의 이름을 꼬리표를 해서 그림 ③처럼 붙여 두고 식물의 특징 같은 것은 집에 돌아와 자세히 조사하여 표를 만든다. 채집한 식물은 그림 ④처럼 잎을 똑바로 잘 놓고 신문지를 접어 하나씩 하나씩 포갠다. 그러고 나서는 그림 ⑤처럼 송판을 아래위로 놓고 무거운 돌로 눌러 두는 것이다. 풀에서 스며 나온 물기로 신문지가 젖으면 신문지를 갈아 끼고 한 열흘을 이렇게 둬 두면 꼿꼿이 마르는데, 이때에 도화지 같은 좀 두꺼운 대지에다 그림 ⑥처럼 테이프로 줄기나 잎을 붙인다. 대지 아래 한쪽에다 채집한 날짜, 이름, 특징을 쓴 표를 붙이고 다 된 것이 그림 ⑦이다.

－《경향신문》, 1961. 7. 30.

방학 숙제 곤충·식물 채집 폐지

올 여름방학 숙제에서 곤충 및 식물 채집이 없어지는 대신 환경보호 실천 운동이 과제로 주어진다. 환경처와 한국교총은 4일, 올 여름방학을 환경방학으로 정하고 학생들이 집에서 부모와 함께 환경보호 실천 운동을 하도록 유도키로 했다.
이에 따라 환경처와 교총은 각급 학교들이 여름방학 때 곤충 및 식물 채집 숙제를 내지 말도록 권고하고 대신 각종 쓰레기를 이용해 재활용 공작물 등을 과제물로 제출케 해 개학 후 전시회를 열도록 했다.
또 환경처는 학생들에게 방학 중 환경의식을 높이기 위해 전국 7천5백여 초등학교 학생들에게 재생지로 만든 환경방학일기장을 특별 배부할 방침이다.

−《경향신문》, 1994. 7. 5.

초등학생 곤충 채집 자연 파괴 무관

나의 의견(임채수, 서울 방산초등학교 과학 주임교사)

지난 5일 환경처와 한국 교원단체 총연합회는 야생 동식물의 생태 보호를 위해 이번 여름방학부터 초등학교 학생들의 식물 및 곤충 채집을 금지한다고 발표했다.
일선 학교 교육 현장에서 이번의 조치를 보면서 야생 동식물 보호라는 측면보다는 어린이들의 자연 교육을 외면한 발상임을 느껴 몇 가지 부당성을 지적하고자 한다.

우선 식물이나 곤충을 채집하는 활동을 '공작'으로 대체할 것을 권하는 부분이다. 식물이나 곤충 채집은 자연 관찰 또는 자연 탐구 활동 측면에서 필요한 교육 활동이고, 공작이란 미적 구성이나 실용성 등을 추구하는 판이한 활동인데, '채집'을 '공작'으로 대체해도 좋다는 생각은 납득이 가지 않는다.

다음은 초등학교 어린이들의 채집 활동이 생태계를 파괴한다고 보는 발상이다. 오늘날 생태계의 파괴와 멸종 위기를 맞고 있는 동식물의 개체종이 늘어나고 있는 것은, 알려진 대로 각종 오염의 가속화와 과도한 농약 사용으로 인한 생태계 교란 현상에 기인한다. 일부 몰지각한 사람들이 상업적으로 장수하늘소, 반딧불이, 사슴벌레 등을 포획하거나 어린 학생들이 자연 관찰 또는 탐구 과정의 일부로 곤충을 채집하는 것은 생태계에 크게 영향을 미치지 않는다. 오히려 '자연 문맹'에 가까운 요즘 어린이(특히 도시 어린이)들에게는 자연을 바르게 알고 느끼게 하는 의미에서 종과 개체 수를 제한하더라도 채집 관찰 활동을 적극 권장해야 할 일로 믿고 있다.

이번 식물, 곤충 채집 금지 조치의 재고를 바란다.

- 《동아일보》, 1994. 7. 14.

독자 이야기

바우와 경환이의 싸움, 누구의 책임이 더 클까?

고대부중 3학년 학생들

바우의 열등감이 싸움의 원인

열등감이 별일 아닌 일을 큰 싸움으로 만들었어요. 원래부터 경환이를 못마땅하게 여기던 바우가 개인적인 감정으로 싸움을 걸었으니, 이 싸움의 책임은 바우에게 있어요.

　경환이가 부르는 유행가 소리가 들리자 바우는 '흥!' 하고 빈정거리는 웃음을 한 번 웃고는 그 소리가 듣기 싫다는 듯 그 편에 등을 대고 돌아앉았어요. '겨우 서울 가서 공부한다고 배워 가지고 온 것이 유행가 나부랭이냐. 그리고 나비 잡는 것하구.' 하면서 빈정거리기도 했지요. 하지만 바우는 보통학교 시절 성적이 경환이보다 앞섰으나 땅이나 파며 지내야 하는 자신의 처지를 억울해 하고, 또 서울 상급 학교로 진학한 경환이를 부러워했어요. 이런 상황에서 유행가를 부르며 나비를 잡고 돌아다니는 경환이의 꼴이 바우에게 곱게 보일 수 없었겠지요. 경환이가 하는 짓이 하나하나 마음에 들지 않았을 거예요. 그래서 바우는, 손에 쥐고 있던 호랑나비를 자기에게 달라는 경환이를 향해 빈정거리며 시비를 걸어요. 그러고는 두 손가락에 날개를 접어 쥔 나비를, 이것 너 줄까, 하는 시늉으로 경환이 등을 향해 두어 번 겨누다가는 그대로 공중으로 날려 버리기까지 하지요. 그래서 싸움이 일어난 거예요.

보복 행위는 범죄!

바우는 문제를 일으키지 않았어요. 서로 언쟁을 한 뒤 경환이가 화를 이기지 못하고 보복 행위를 한 거예요. 그러니까 이 싸움은 결국 경환이의 보복 행위에 초점을 맞추어야 해요. 게다가 바우가 나비를 날려 보낸 것에 대한 경환이의 보복은 정도를 넘어선 짓이에요. 나비는 경환이가 잡은 것도 아니어서 경환이에게는 달라고 할 어떠한 권리도 없으니까요. 친구 사이에 주지 못할 것도 없지만 그렇다고 꼭 주어야 하는 것도 아니에요. 다만 비아냥거리며 화를 돋우는 바우의 신사답지 못한 행동에는 도의적 책임이 있지요. 그렇다고 남의 생계가 달려 있는 참외밭을 망쳐 놓아서는 안 돼요. 그것은 명백한 보복 행위이며 범죄 행위예요. 뒤이은 바우의 폭행은 경환이의 행위에 대한 정당방위예요.

폭행은 바우가 먼저!

범죄냐 아니냐를 따진다면 바우의 폭행이 정말 문제 아닌가요? 폭력은 바우가 행사했지요. 등을 후려치고, 먹살을 잡고, 저항하는 경환이를 걸어 넘어뜨리기까지 했어요. 정당방위는 상대방의 폭력 등에 대해 나를 보호하기 위해 반사적으로 한 행위를 말하는데, 바우는 어떠한 위협도 받지 않았기 때문에 정당방위가 될 수 없어요. 그리고 경환이가 참외밭에 들어간 것을 의도적이라고 볼 수는 없다고 생각해요. 나비를 잡기 위해 쫓아가다가 참외밭에 들어간 것뿐이에요. 단순한 사건을 바우가 열등의식을 가지고 봤기 때문에, 경환이가 일부러 참외밭에 들어갔다고 생각하게 된 것 같아요.

의도적 보복은 손해 배상!
경환이가 의도적으로 참외밭에 들어갔다고 보는 것이 옳아요. 왜냐하면 바우에게 보복을 하겠다는 굳은 의지를 보이고 참외밭 쪽으로 갔기 때문이지요. 눈을 흘기는 동작이나 송아지에게 돌을 던지는 장면에서 그것을 알 수 있어요. 실수로 참외밭에 들어갔다고 해도 손실에 대한 보상을 해야 마땅한 거예요. 그러나 이것은 고의적인 것이 틀림없기 때문에 경환이는 참외밭을 짓밟은 것에 대해 손해 배상을 해야 해요. 그러니까 바우의 행동은 참외밭을 지키려고 했던 정당한 행위라고 볼 수 있어요.

정당한 자유를 억압하는 것도 저항의 대상
정당방위는 바우에게 아무런 잘못도 없는 상태에서 그런 일이 생겼을 때 할 수 있는 이야기예요. 그러나 바우는 이미 경환이의 자유로운 활동을 고의로 방해했어요. 아이들을 붙잡고 유행가를 가르치는 것은 경환이의 자유예요. 누구에게 피해를 준 것도 아닐뿐더러 강제로 남의 자유를 억압한 것도 아니에요. 그런 상황에서 당한 어이없는 시비는 경환이를 몹시 기분 나쁘게 만들었을 거예요. 누가 내 자유를 억압할 때 그에 맞서서 싸우는 것도 일종의 정당방위라 할 수 있지요. 그러나 경환이는 그런 바우에게 방어적 행위를 하지 않았어요. 다만 나비를 열심히 잡았을 뿐이죠.

경환이의 경솔함이 폭행의 원인

경환이가 자신의 숙제를 위해 나비를 잡고, 또 서울서 배운 유행가를 부르는 일은 개인의 자유입니다. 하지만 다른 사람의 감정을 자극하는 일은 자유의 범위에 해당하지 않는 일종의 방종이라고 생각해요. 가진 자는 모름지기 자신의 행동거지를 바르게 할 의무가 있어요. '노블레스 오블리주(noblesse oblige)'라는 말이 있지요. 높은 사회적 신분을 가진 사람에게는 그에 걸맞은 도덕적 의무가 요구된다는 말입니다. 마름의 아들이며, 동네 친구들은 꿈도 꿀 수 없는 상급 학교에 진학한 학생인 경환이에게는 친구들의 마음을 헤아리는 아량이 필요하며, 말과 행동을 조심해야 할 의무가 있는 겁니다. 그런데 경환이는 마름의 아들이라는 신분을 이용하여 '우리 집 땅 내가 밟았기로 무슨 상관'이냐며 소작농의 아들인 바우를 업신여기는 말까지 서슴없이 하여 바우의 자존심을 매우 크게 상하게 했지요.

도덕적 의무는 강제할 수 없고, 보복은 바우가 먼저!

가진 자의 도덕적 의무는 강제성이 없어요. 하면 좋은 것이지만 하지 않아도 강제할 수 있는 일은 아니라는 말이지요. 또 시대적으로 마름과 소작인의 계급 차이가 엄연하기 때문에 자신의 지위와 배경을 이용한 경환이의 행동은 지극히 일반적인 행동이에요. 억울한 심정에 자신의 신체적 힘을 이용한 바우나 자기 아버지의 힘을 이용한 경환이의 행동이 다르지 않다는 말입니다. 경환이의 행동을 보복이라고 한다면 보복은 바우가 먼저 한 것 아닌가요?

가진 자의 도덕적 의무는 꼭 필요한 사회적 덕목
가진 자의 도덕적 의무는 강제할 수 있는 것이 아니지만, 모두 같이 사는 세상을 좀 더 나은 곳으로 만들기 위해 꼭 필요한 사회적 덕목이라고 생각해요. 가진 자가 아무렇게나 자신의 힘을 사용하면 세상의 질서는 무너지게 돼요. 가진 자의 건강한 생각이 세상을 아름답게 만들 것이라고 생각해요.

바우와 경환이의 싸움을
어떻게 처리하는 것이 가장 좋을까요?

☐ 시비를 건 바우에게는 벌을 주고 경환이에게는 참외밭을 망가뜨린 것에 대한 배상을 하게 합니다.

☐ 아이들 사이에서 일어난 싸움인 만큼 부모들이 나서서 화해를 시켜야 합니다. 아이들은 싸우면서 또 화해하면서 커 가기 때문입니다.

☐ 먼저 서로 사과를 해야 합니다. 그리고 바우는 경환이에게 나비를 잡아 주고 경환이는 참외밭을 망가뜨린 것에 대한 배상을 해 주는 정도로 끝내는 것이 좋겠습니다.

☐ 바우가 나비를 잡아 줄 필요는 없습니다. 서로 사과하고 경환이가 참외밭에 대한 배상을 하는 것이 맞습니다. 경환이가 망가뜨린 참외밭 전부를 보상해 주는 것보다는, 바우의 폭행이 있었기 때문에 반만 보상해 주는 것도 한 방법입니다.

☐ 서로 사과한 다음에 바우와 경환이에게 상담 치료를 받게 합니다. 바우에게는 열등감 극복을, 경환이에게는 약자 배려를 주제로 상담하는 것이 어떨까요?

참고 문헌

도서

현덕, 원종찬 엮음, 《현덕 전집》, 역락, 2009.
원종찬, 《한국 근대문학의 재조명》, 소명출판, 2005.
이이화, 《한국사 이야기 22 - 빼앗긴 들에 부는 근대화 바람》, 한길사, 2004.
신명직, 《모던뽀이, 경성을 거닐다》, 현실문화연구, 2003.
강준만, 《한국 근대사 산책 7권》, 인물과사상사, 2008.
권보드래, 《연애의 시대 - 1920년대 초반의 문화와 유행》, 현실문화연구, 2003.
김병태 외, 《한국경제의 전개과정》, 돌베개, 1981.
이재철, 《한국 아동문학 작가론》, 개문사, 1988.
이승원, 《학교의 탄생》, 휴머니스트, 2005.
장자, 기세춘 엮음, 《묵점 기세춘 선생과 함께하는 장자》, 바이북스, 2007.
손병목, 《동양 고전 강의》, 한겨레출판, 2006.

연구 논문

박소영, 〈현덕 동화의 교재화 방안 연구〉, 한국교원대, 2006.
원종찬, 〈현덕의 아동문학〉, 1994.
김명순, 〈현덕 동화 연구〉, 이화여대, 1996.
이경재, 〈현덕의 생애와 소설 연구〉, 2004.
최승은, 〈현덕의 동화와 소년소설 연구〉, 성균관대, 1996.
김선미, 〈현덕 동화의 인물 유형 연구〉, 단국대, 2004.
김하철, 〈현덕 소설론〉, 1989.
박선양, 〈현덕 아동문학 연구〉, 전북대, 2004.

선생님과 함께 읽는 나비를 잡는 아버지

1판 1쇄 발행일 2010년 8월 11일
개정판 1쇄 발행일 2012년 9월 17일
개정판 9쇄 발행일 2025년 12월 15일

지은이 전국국어교사모임

발행인 김학원
발행처 (주)휴머니스트출판그룹
출판등록 제313-2007-000007호(2007년 1월 5일)
주소 (03991) 서울시 마포구 동교로23길 76(연남동)
전화 02-335-4422 **팩스** 02-334-3427
저자·독자 서비스 humanist@humanistbooks.com
홈페이지 www.humanistbooks.com
유튜브 youtube.com/user/humanistma
인스타그램 @humanist_insta

편집책임 문성환 **편집** 윤무재 **디자인** 김태형 반짝반짝 **일러스트** 이명애
용지 화인페이퍼 **인쇄** 청아디앤피 **제본** 민성사

ⓒ 전국국어교사모임, 2012

ISBN 978-89-5862-542-1 44810

- 이 책은 저작권법에 따라 보호받는 저작물이므로 무단 전재와 무단 복제를 금합니다.
- 이 책의 전부 또는 일부를 이용하려면 반드시 저자와 (주)휴머니스트출판그룹의 동의를 받아야 합니다.